LES
ENFANTS DE PARIS

ESQUISSES D'APRÈS NATURE

PAR

Le Marquis de SÉGUR

PARIS

VICTOR RETAUX ET FILS, LIBRAIRES-ÉDITEURS

82, RUE BONAPARTE, 82

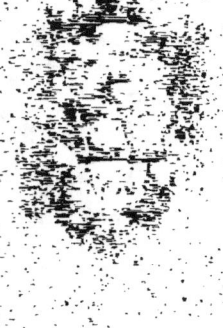

LES ENFANTS DE PARIS

OUVRAGES DU MÊME AUTEUR

La Bonté et les Affections naturelles chez les saints. 3 vol. in-18 jésus .... 10 fr. 50

Simples histoires. 1 vol. in-18 jésus .... 2 fr. »

Monseigneur de Ségur, souvenirs et récit d'un frère. 2 vol. in-8 raisin .... 13 fr. »

— 1 vol. grand in-8, orné de nombreuses gravures. 4 fr. »

La Semaine sainte. Exercices et méditations. 1 vol. in-32 jésus .... 2 fr. »

Vie du comte Rostopchine. 1 vol. grand in-8, orné de nombreuses gravures .... 4 fr. »

Vie de Madame Molé. 1 vol. in-18 jésus .... 3 fr. 50

Vie de M. l'abbé Bernard. 1 vol. in-18 jésus. 3 fr. »

Un hiver à Rome. 1 vol. in-18 jésus ...... 3 fr. 50

Témoignages et Souvenirs. 1 vol. grand in-8, orné de nombreuses gravures .... 4 fr. »

Fables complètes. 1 vol. in-18 jésus .... 2 fr. 50

La Maison. Stances et sonnets. 1 vol. petit in-8. 3 fr. »

Sainte Cécile, poème tragique. 1 v. in-18 raisin. 2 fr. »

ABBEVILLE. — TYP. ET STÉR. Vᵉ RETAUX. — 1893.

LES

ENFANTS DE PARIS

ESQUISSES D'APRÈS NATURE

PAR

Le Marquis de SÉGUR

PARIS

VICTOR RETAUX ET FILS, ÉDITEURS

82, RUE BONAPARTE, 82

—

1893

AUX JEUNES GENS

des Patronages et des Cercles

j'offre cette gerbe de fleurs parisiennes

cueillies dans leur jardin

par un vieil enfant de Paris

A. DE SÉGUR.

Paris, mai 1893.

PRÉFACE

Eugène Suë, antique romancier, immortel d'un jour, dont quelques-uns connaissent encore le nom et les œuvres démodés, a tracé, dans le plus célèbre de ses romans, le type un moment populaire du gamin de Paris.

A côté de Monsieur et Madame Pipelet, concierges classiques de 1840 à 1860, il avait inventé Tortillard, nom bien trouvé, qui semblait devoir vivre toujours. Mais les Misérables, de Victor Hugo, jetèrent d'un coup d'aile aux oubliettes les Mystères de Paris, et Gavroche dévora Tortillard sans en laisser rien subsister.

Nous n'avons ni l'imagination d'Eugène Suë, ni le génie de Victor Hugo, et notre prétention n'est pas de créer des types, mais d'esquisser quelques portraits d'après nature.

Ce n'est pas d'ailleurs dans le monde des pâles voyous que nous avons pris nos modèles. Le monde populaire que nous fréquentons, auquel nous sommes *mêlé chaque jour par nos œuvres, est surtout celui de ces enfants des frères qui forment la moitié des garçons de Paris, monde très étendu puisqu'il égale ou dépasse la population entière de bien des grandes villes de France.*

Un long séjour au milieu de ces chers petits Parisiens, depuis l'écolier jusqu'à l'employé de commerce ou de bureau, jusqu'au jeune ouvrier ou au jeune soldat, nous a familiarisé avec eux, avec leurs familles, avec leurs pensées, leurs sentiments, leurs joies et leurs peines, leurs aspirations et leurs déceptions.

Une correspondance familière et suivie nous a fait pénétrer plus intimement dans leur cœur, et nous a procuré souvent la jouissance exquise dont parle Gœthe « de voir une belle âme s'ouvrir devant soi. »

Nous voudrions, dans nos légères esquisses, donner une idée de cette classe si intéressante de jeunes gens, espérance et réserve de la France chrétienne, et, par le spectacle de leurs œuvres, de leurs qualités et de leurs vertus, reposer un moment l'âme de nos lecteurs des tristesses et des angoisses du temps présent.

A. DE SÉGUR.

Paris, 19 Mars 1893.

EMPLOYÉS

Quoique nos esquisses et nos anecdotes ne se rapportent pas uniquement aux jeunes employés de commerce ou de bureau, et que nos réflexions s'appliquent pour la plupart à toute la jeunesse parisienne, il nous semble utile de retracer d'abord à grands traits la physionomie générale de cette classe nombreuse et attachante des enfants de Paris que nous avons particulièrement étudiés.

En France, elle compte près d'un million de jeunes gens très dignes d'intérêt par leur condition, leur instruction, leur intelligence et les difficultés de leur vie.

A Paris, ils peuplent les ministères, les grandes administrations publiques et privées, et toutes les maisons de commerce, depuis les immenses magasins, comme ceux du *Louvre* et du *Bon Marché*, jusqu'aux plus modestes comptoirs et aux plus petites boutiques de vente au détail.

Les employés de bureau et de commerce occupent une place intermédiaire entre la population ouvrière et la petite bourgeoisie. Ils sont un peu dans le monde des travailleurs ce que sont les caporaux et les sous-officiers dans le monde militaire, sortant comme eux de la troupe dont ils font partie, et s'élevant par degrés jusqu'à des grades parfois importants. Là, comme dans l'armée, beaucoup deviennent officiers, plusieurs officiers supérieurs. Seulement, leur ascension, plus facile à réaliser, est moins facile à préciser ; elle se fait par une suite d'échelons parfois imperceptibles : souvent même l'employé monte sans changer d'emploi. Sa situation s'accroît de mille façons, par son aptitude à faire plus et mieux, par l'expérience des hommes et des choses, par l'importance des affaires qu'on lui confie et du traitement qui grandit avec les affaires ; bref, d'enfant du peuple, de modeste commis de rayon ou de bureau, il devient insensiblement, et parfois sur place, un monsieur, une personnalité qui compte, un chef.

La transformation commence par le costume. Dans beaucoup d'administrations, de maisons de banque ou de commerce, spécialement dans les grands magasins, le chapeau à haute forme est obligatoire dès le jour de l'admission. L'habit noir pour les soirées vient un peu plus tard. D'abord, on le loue, puis on l'achète, et la métamorphose extérieure est complète.

Au moral, les progrès plus lents sont néanmoins rapides. Pour peu qu'un employé tienne à s'instruire, et lise des ouvrages sérieux, son style se forme vite ; s'il y joint des études littéraires, scientifiques, artistiques même, ce qui n'est pas rare, sa tenue et son langage s'épurent, et il arrive à écrire le français comme les lauréats des grandes écoles.

Les élèves des frères entrent presque tous dans le commerce ou dans les bureaux. Paris seul en compte plus de huit à dix mille, sortis de leurs classes et fréquentant leurs patronages. Nous connaissons beaucoup de ces braves jeunes gens, élevés bien au-dessus de leur condition par l'instruction, la culture intellectuelle, et transformés par la pratique de la foi et des vertus chrétiennes. Il en est même plusieurs parmi eux qui écrivent et rédigent avec une si grande perfection de style, de convenance, de nuances, même les plus délicates, que tels de nos grands hommes politiques pourraient avantageusement les prendre pour secrétaires et leur confier le soin de composer leurs lettres, voire même de préparer et de corriger leurs discours.

Aux lecteurs qui seraient tentés de taxer de chimères de pareilles assertions, il me suffira de rappeler les souvenirs du plus original et du plus classique, du plus pur et du plus grand prosateur de son temps, Louis Veuillot, qui sut écrire le français en maître avant d'avoir appris le latin, et qui atteignit au sommet de la gloire littéraire sans être ni bachelier, ni licencié, ni gradé d'aucune façon. Vous me direz qu'il avait le génie des lettres, et que n'a pas du génie qui veut. C'est vrai, mais nous avons l'esprit, qui est la monnaie du génie, et nul n'ignore qu'à Paris l'esprit court les rues.

Il ne faut pas croire cependant, malgré ces brillantes

exceptions, que la carrière du commerce et des bureaux soit semée de fleurs et exempte d'épines. Pour l'immense majorité de ceux qui l'adoptent ou la subissent, c'est une voie douloureuse, comme toutes les voies humaines. Sortis presque tous de familles peu fortunées et même sans autre fortune que le travail quotidien, ces jeunes gens vivent au jour le jour, côtoient la pauvreté, et ont besoin de beaucoup de patience pour supporter les difficultés, les angoisses du début.

Il faut d'abord trouver une place, travailler beaucoup pour gagner très peu, quelquefois gratuitement pendant les premiers mois. La place trouvée, il faut la conserver à tout prix, car le manque d'emploi, c'est la gêne, la misère même à brève échéance.

L'existence, l'avenir de ces pauvres employés, surtout dans le commerce, dépendent donc de bien des choses : la bienveillance du patron, la bonne volonté des employés supérieurs, souvent plus capricieuse que celle du maître, et la prospérité de la maison.

Les affaires vont-elles bien, tout va bien ; mais qu'elles viennent à se ralentir, qu'une crise commerciale ou politique éclate, et tout est remis en question ; on remercie poliment une partie des employés, quand on ne les renvoie pas brutalement, et voilà de pauvres jeunes gens jetés sur le pavé, obligés de reprendre le métier ingrat et cruel de coureurs de places.

Qu'on ajoute à tout cela les accidents de santé,

trop fréquents et presque toujours suivis de perte
d'emploi, et l'on comprendra à quel point est pré-
caire et intéressante la situation de cette classe si
nombreuse des jeunes employés de magasins et de
bureaux.

Ceci dit, allumons notre lanterne magique, et faisons défiler nos enfants de Paris dans une série de
portraits et dans le détail de leur existence, depuis
l'école jusqu'au régiment et au mariage.

LE CRUCIFIX

C'était à la veille de la laïcisation des écoles. Pour effacer plus facilement l'image du Christ des âmes baptisées des enfants, la préfecture de la Seine faisait enlever les crucifix des écoles. Le sacrilège s'accomplissait avec plus ou moins de brutalité, suivant les quartiers et les sentiments personnels des instituteurs. Le décrochage préludait au crochetage.

Dans une école d'un faubourg populaire, l'enlèvement s'était fait un matin de bonne heure, avant l'arrivée des élèves ; mais, en entrant dans la cour, les pauvres petits rencontrèrent la brouette chargée des débris de l'image divine. Ce qu'ils pensèrent, ce qu'ils se dirent entre eux, je l'ignore ; mais je sais ce que fit un des plus jeunes, celui dont je raconte l'histoire.

Pâle, d'apparence chétive, c'était un de ces enfants du siège, c'est-à-dire de la faim, de la Terreur et de la souffrance. Il s'appelait Emile ; le père était indifférent, la mère chrétienne, tous les deux honnêtes, laborieux, mais malheureux. La guerre et la Commune avaient changé leur aisance en misère. Faute

1.

de ressources, ils avaient mis leur garçon à l'école laïque, les frères dans ce quartier ne pouvant alors prendre à leurs frais les fournitures scolaires. L'enfant, docile et intelligent, apprenait bien et était fort aimé de ses camarades.

A l'aspect du crucifix brisé, brouetté avec des ordures, il s'arrêta court, demeura un moment immobile, pâlit, rougit, balbutia quelques mots qui ne purent sortir de ses lèvres tremblantes ; puis tout à coup tournant le dos à l'école, il s'élança dans la rue et arriva chez lui, les poings fermés, rouge de chaleur et de colère, les yeux jetant des larmes et des éclairs. Le père raccommodait de vieilles chaussures, la mère faisait le ménage.

« Je ne veux plus aller à l'école, s'écria l'enfant sans reprendre haleine... Ils ont décroché les crucifix des classes... j'ai vu les morceaux dans une brouette... le maître est une brute... je le déteste, je ne lui obéirai plus jamais... » Et se jetant au cou de sa mère : « N'est-ce pas, maman, que tu ne me renverras plus chez ce méchant homme ? »

En l'entendant, le père avait levé la tête, et, le sourcil froncé, il grommela entre ses dents serrées : « les canailles ! » mais il ne répondit pas à l'enfant et reprit son travail.

La mère joignit les mains et pressant son fils contre elle comme pour le défendre, elle dit, se parlant à elle-même : « C'est trop ! après le siège, après les Prussiens et la Commune, après la ruine et la misère, il faudra encore qu'ils nous volent l'âme

de nos enfants ! Je leur ai arraché des mains mon
homme qu'ils entraînaient de force aux barricades,
et voilà maintenant qu'ils veulent me gâcher mon
garçon dans leur école sans crucifix ! Non ! non !
Plutôt l'envoyer dans les rues que de le renvoyer
chez ces bourreaux ! » Puis interpellant brusque-
ment son mari : « Parle donc, toi ! Pourquoi
ne dis-tu rien ? Est-ce qu'il n'a pas raison, le
petit ? »

Le mari haussa les épaules et renfonça son émotion : « Tout ça, c'est des paroles perdues. Le petit
n'ira pas mendier ; il faut qu'il apprenne, et puisque
nous n'avons pas moyen de l'envoyer chez les frères,
il retournera à son école, et tout de suite. Les
pauvres sont des pauvres, comme les gredins sont
des gredins. Tu entends, Emile. Prends tes livres,
file droit sur ta classe, et plus de pleurnichage. J'ai
assez d'embêtement comme ça. »

La mère se tut, embrassa son garçon, qui ne pleurait plus et le poussa doucement vers la porte avec
ces douces paroles : « Il faut obéir au père ; courage,
mon Emile ; le bon Dieu t'aidera. »

Emile retourna sans broncher à l'école, fut puni
pour son absence, dont l'instituteur ignorait la cause,
et se remit à la besogne, mais sans goût et sans
énergie. La brouette du crucifix avait emporté sa
bonne volonté, son respect et son obéissance. Il
bavardait avec ses voisins, et ne se gênait pas, en
sortant de classe, pour dire tout haut ce qu'il pensait du crucifix brisé et de l'école sans Dieu. Les

autres, montés par lui, faisaient chorus, et cela tournait à l'orage.

Un matin, avant de commencer la classe, l'instituteur, debout au milieu des enfants assis, promena sur eux un regard dramatique, et d'une voix qu'il cherchait à rendre terrible, il dit : « Je sais qu'il y en a parmi vous qui se permettent de blâmer mes actes, et qui s'insurgent contre l'enlèvement des crucifix. Je les engage, s'ils ne sont pas des cafards, à se lever et à me répéter en face ce qu'ils disent de moi quand j'ai le dos tourné. »

A l'instant même Emile se lève, croise les bras, et les yeux dans les yeux de l'instituteur, il lui jette en plein visage cette réponse : « Je suis un de ceux-là, M'sieur, et je vous répète en face que je trouve ce que vous avez fait dégoûtant. » Qui rendra l'indignation, la stupeur du pédagogue ainsi bravé par ce gamin devenu son juge devant toute la classe qui jubilait tout bas ! Il s'élança sur l'enfant, qui esquiva le coup, et lui cria pendant qu'il gagnait la porte : « Sors, petit misérable, et si tu oses jamais te représenter devant moi, c'est à coups de pied que je te jetterai dehors comme une ordure ! — Comme le crucifix ! » répliqua l'héroïque gamin, et il disparut.

Une fois dans la rue, Emile sauta d'abord de joie et entonna un chant de victoire et de délivrance. Mais bientôt son ton baissa, son pas se ralentit, il réfléchit, ce qu'il avait oublié de faire jusque-là, et il se demanda avec angoisse quel accueil il recevrait de son père après cette belle équipée.

C'était un enfant pieux : se souvenant des leçons de sa mère, il entra dans une église et pria. Et au bout d'un quart d'heure, il ressortit d'un pas résolu, se dirigeant vers l'école des frères du quartier. — « Je veux voir le frère directeur. — Impossible, c'est l'heure des classes. » Il insiste, le concierge résiste et finit par lui fermer la porte au nez ; mais le parti du mioche était pris et il ne se découragea point pour si peu. Il resta debout ou marchant devant la porte de l'école jusqu'à l'heure de la sortie des enfants, batailla de nouveau pour entrer, fut repoussé avec perte, rejeté dans la rue pour la troisième fois de la journée, et il était sur le point de perdre courage, quand le frère directeur, attiré par le bruit, parut sur le seuil.

A son aspect, le brave petit champion du crucifix se jette en pleine rue aux pieds du bon religieux, lui prend les genoux, le supplie en pleurant de le sauver, de le recevoir chez lui, et lui déclare qu'il ne se relèvera pas avant d'avoir obtenu son consentement. Le frère, ému, le relève, écoute son histoire, le gronde un peu pour la forme, l'embrasse pour le fond, et l'admet sur l'heure au nombre de ses élèves. Et voilà comment le jeune Emile passa du jour au lendemain, de l'école sans Dieu à l'école congréganiste.

Quand il rentra chez lui ce jour-là, porteur de la grande nouvelle, il semblait grandi d'une coudée : on eût dit David rentrant au camp d'Israël, la tête de Goliath à la main. Devenir élève des frères à la veille de sa première communion, c'était la réalisation d'un beau rêve. Avoir confessé sa foi et vengé son Dieu, c'était une grande victoire. Mais avoir *collé le maître* publiquement, en pleine classe, sous les regards ravis et jaloux de ses camarades, c'était pour le gamin de Paris la plus énivrante des jouissances. Que voulez-vous ? on n'est pas parfait, et le soleil lui-même a des taches.

Si le héros de cette petite histoire était imaginaire, j'ajouterais qu'il fut le modèle de ses camarades à l'école des frères, puis au patronage, et qu'il est en train de devenir un chrétien d'élite ; la vérité est qu'il fut bon écolier, pieux et charmant jusqu'à l'âge critique des enfants de Paris ; qu'alors sans cesser de fréquenter le patronage, il fréquenta parfois d'autres endroits moins édifiants, et que ce n'est pas toujours par la ligne droite qu'il s'avança dans le sentier de la vertu. Mais enfin, il ne l'abandonna jamais entièrement ; il ne cessa jamais de remplir les devoirs essentiels du chrétien : jamais il ne manqua de prendre part, le jour de Pâques, au grand festin du père de famille ; et je puis prédire sans craindre de me tromper que lorsqu'il deviendra père à son tour, il enverra ses enfants à l'école des frères, et leur enseignera de parole et d'exemple, le respect du crucifix, symbole de la foi, drapeau du peuple chrétien, résumé de la doctrine et de la charité de Jésus-Christ.

RETOUR DE PROVINCE

Un des traits caractéristiques du gamin de Paris est sa facilité à changer de peau, à s'adapter à toutes les situations et à se transformer du jour au lendemain, suivant les circonstances ou suivant sa fantaisie. Ce petit bout d'homme qui rit et pleure, crie et chante, se moque et s'enthousiasme sans rime ni raison, ressemble à une boutique ambulante de grainetier : il porte en lui la semence de toutes les sagesses et de toutes les folies, de tous les états, de toutes les aventures, de tous les genres de vie, des défauts et des qualités les plus contradictoires. Cette aptitude universelle vient sans doute de la nature humaine, qui est partout diverse et inconstante ; mais elle vient encore plus de l'air et du pavé de Paris.

Le Parisien pur sang est très intelligent, mais très superficiel ; il regarde sans voir, apprend et oublie, s'embrouille et se débrouille, s'emballe et se déballe avec une égale facilité : il agit, parle et pense en même temps ; et, touchant à tout, il ne saisit rien. Ses yeux, habitués à se promener sans cesse sur quelque objet nouveau, ne se posent nulle part, et son esprit, mis en mouvement de droite et de gauche par tous les bruits, tous les spectacles, toutes les péripéties de la vie parisienne, perd en force et en profondeur ce qu'il semble gagner en étendue.

Dans cette capitale de l'agitation, du brouhaha, du sens-dessus-dessous universel, où les nouveautés, les audaces, les scandales, les extrêmes du vice et de la vertu se touchent et s'entrechoquent, le grand travail de l'éducation est d'attirer et de retenir dans la vérité et dans le bien l'esprit léger et mobile de l'enfant, de lui donner l'habitude de la réflexion, du discernement, de faire naître et de graver profondément en lui la notion du devoir, de lui en montrer les principes, la forme et la sanction dans les commandements de Dieu et dans les enseignements de l'Eglise, et d'établir son âme sur la base immuable de la loi divine, parmi tous les sables mouvants de la corruption et de la blague contemporaines.

Ce travail n'est pas si difficile, ni si ingrat qu'on pourrait le croire. L'enfant de Paris, même le plus mal élevé, court à l'enseignement religieux comme à une nouveauté. Il l'écoute, l'étudie par curiosité, en saisit la vérité par la droiture et la vivacité de son esprit, s'y attache bientôt par la grâce latente de son baptême, et finit souvent par l'aimer au point de s'y abandonner tout entier. Cette langue de l'Evangile et de l'Eglise, cet accent théologique, ces notions si abstraites, si profondément philosophiques du catéchisme même le plus élémentaire, l'éternité de Dieu, la création, la nature de l'âme, le Verbe fait chair, la Trinité, l'Incarnation, la Rédemption, le plus gamin des gamins de Paris comprend et accepte tout cela, avec une netteté de conception et une soumission de cœur incroyables.

Chaque fois que j'ai expliqué et fait réciter le catéchisme à des enfants de l'école laïque, j'ai été émerveillé de cette disposition d'esprit et de volonté, de cet acquiescement naturel et surnaturel de leurs petites âmes à l'enseignement divin, et j'y ai reconnu un témoignage frappant de la vérité de la religion chrétienne. Ils saisissent, retiennent, s'approprient les expressions les plus abstraites, et s'il leur arrive parfois de dire *l'assistance publique* au lieu de *l'assistance divine*, de transformer les *Pharisiens* en *Parisiens*, et les *publicains* en *républicains*, c'est un simple effet d'étourderie ou de distraction qui n'est pas toujours involontaire.

Ainsi préparés par les catéchismes, par la première communion et la confirmation, par les œuvres de patronage où ils s'affermissent dans la foi et dans la pratique religieuse, les jeunes Parisiens deviennent souvent des chrétiens sérieux, armés de pied en cape pour toutes les luttes, toutes les épreuves de la vie. Ils conservent sans doute cette nature d'esprit un peu frondeuse qui voit du premier coup d'œil les ridicules des gens, et qui saisit le défaut de toutes les cuirasses. Ils gardent aussi leur merveilleuse facilité de changement à vue, d'adaptation à toutes les circonstances extérieures, qui font d'eux les zouaves de la grande armée populaire. Mais partout, dans tous les états, ils se montrent plus forts, plus fidèles à la pratique de la religion, que la pauvre jeunesse des campagnes, souvent moins instruite et moins bien armée contre les vicissitudes de l'existence contemporaine, et la plupart du temps, le chrétien croyant, sinon toujours pratiquant, survit en eux aux changements de lieux, d'habits et d'habitudes.

Voici un exemple assez original de cette double aptitude des jeunes Parisiens à garder leur caractère et leurs principes, en modifiant du tout au tout leur aspect, leur langage et leur manière de vivre.

Un jour que j'étais seul chez moi, songeant en mon gîte comme le lièvre de La Fontaine, j'entendis sonner à une petite porte réservée aux visites de mes jeunes amis. J'allai ouvrir moi-même, suivant mon habitude, et je me trouvai en face d'un garçon de 18 à 19 ans, en tenue de travail, très mal vêtu des pieds à la tête, à peu-près comme un mécanicien ou un chauffeur qui descend de sa locomotive. Il me tendit sa main pas très propre, et, voyant mon hésitation à la prendre, il me dit avec un fort accent bourguignon :

— Vous ne me reconnaissez donc point?

— Pas complètement, je vous l'avoue.

— Eh ben, moi je vous reconnais, quoique vous soyez changé pas mal depuis quatre ou cinq ans que je ne vous ai point vu. Voyons, regardez-moi bien : est-ce que ma tête ne vous dit rien? Avez-vous oublié le catéchisme de Saint-Thomas d'Aquin et la rue de Babylone, ous que vous veniez voir ma mère?

— Henri, m'écriai-je, le reconnaissant tout à coup, c'est toi, mon brave enfant ?

— Enfin, fit-il avec un bon rire, c'est pas malheureux ! » Et, me prenant à bras-le-corps, il m'appliqua sur chaque joue un gros baiser de nourrice, que je lui rendis de tout mon cœur.

Henri était un de nos meilleurs enfants du catéchisme, fils d'un brave gardien de la paix du quartier, et par conséquent élève de l'école laïque. Il avait fait une excellente première communion, était entré au patronage des frères, et avait quitté Paris quelque temps après, pour suivre ses parents en Bourgogne. Pendant un an ou deux, il m'avait donné de ses nouvelles, puis le temps avait fait des siennes, et nous nous étions perdus de vue. Comment donc aurais-je pu reconnaître du premier coup d'œil, dans ce bon gros paysan bourguignon, le Parisien espiègle et déluré d'autrefois? La métamorphose était complète.

— Te voilà donc redevenu Parisien?

— Ça me fait cet effet-là, puisque vous me voyez chez vous, fit-il d'un ton goguenard.

— Et tes parents ?

— Mes parents sont restés au pays. Je n'avais pas assez d'ouvrage dans les champs, et ils m'ont renvoyé ici pour gagner ma vie.

— Es-tu placé ?

— Pour ça oui. Je suis palefrenier dans une grande écurie, ous que j'gagne cinq francs par jour.

— Cinq francs, c'est très joli. Et où loges-tu ?

— Eh bien, chez ma sœur donc !

— Ah ! tu as une sœur ?

— Ça vous étonne ? Est-ce que vous croyez que je suis un enfant trouvé ? Elle est mariée à Paris, ma sœur ; je demeure et je mange chez elle.

— Tu lui paies pension ?

— Pas du tout.

— Comment, pas du tout ?

— Je fais mieux que ça, je lui donne tout ce que j'gagne.

— Tout ! c'est très bien, et tu es un brave garçon. Mais comment fais-tu pour ton linge, tes chaussures, tes vêtements ?

— Comment ce que j'fais ? C'est pas malaisé à deviner. Quand j'ai besoin de quéque chose, je dis à ma sœur : Ma sœur, j'ai besoin de quéqu'chose. — Bon, qu'elle me dit ; de quoi qu'l'as besoin ? » Je le lui dis, et elle me l'achète. Vous voyez que c'est simple.

— Très simple en effet, et tout à fait charmant.

— Et ton argent de poche ?

— Mon argent de poche ? je m'en passe, ou bien si par hasard, j'ai envie de vingt sous, je lui dis : « Ma sœur, j'ai envie de vingt sous. — T'as envie de vingt sous, qu'elle dit ; Eh bien, v'là vingt sous ! » C'est pas plus malin que ça !

J'admirais en l'écoutant la naïveté de ce brave garçon, son bon sens et son bon cœur, et je m'amusais fort de ce mélange de gaieté un peu moqueuse et de bonhomie campagnarde, de blague parisienne et de rondeur bourguignonne, qui donnait un cachet si original à tout ce qu'il disait. Je me réjouissais surtout de retrouver gravés dans son cœur et mis en pratique dans sa vie, les sentiments de famille, de justice et de dévouement que nos jeunes gens chrétiens de Paris observent pour la plupart avec une si touchante simplicité.

Restait la question religieuse, que je ne pouvais passer sous silence.

— Es-tu libre le dimanche?

— Ah! ça, non; c'est embêtant, mais avec les chevaux, faut pas y songer.

— Alors, tu ne vas pas à la messe?

— Comment, je ne vas pas à la messe! j'y vais tout comme vous; et même, si vous me permettez de le dire, j'y ai plus de mérite que vous. Je file entre deux ouvrages; j'attrape une petite messe, et je reviens au galop.

— Comment fais-tu pour t'habiller?

— Je ne m'habille pas, j'y vais comme je suis.

— Comme tu es en ce moment?

— Bien sûr. Est-ce que je vous dégoûte?

— Je ne dis pas cela, mais...

— Est-ce que, si je reviens chez vous en habit de travail comme à cette heure, vous me mettrez à la porte?

— Certainement non !

— Eh bien, alors, qu'est-ce que vous avez à dire ? Croyez-vous que le bon Dieu, qui vaut cent fois, mille fois mieux que tout ce qu'il y a de bon, est plus difficile que vous ? Avez-vous peur qu'il se bouche le nez pour ne pas me sentir, et les yeux pour ne pas me voir ? Je vais à l'église comme je peux, ça ne vaut-il pas mieux que de ne point y aller du tout ? Il ne regarde pas aux habits, lui, ni à la figure, ni aux mains : il regarde à l'âme, et je suis bien sûr qu'il aime mieux une âme propre avec des mains sales que des mains propres avec une âme sale... Mais qu'est-ce que vous avez donc ? pourquoi que vous me regardez comme ça sans rien dire ? Est-ce que je vous ai fait de la peine ? On dirait que vous allez pleurer. Si je vous ai offensé, faut me pardonner, je ne l'ai point fait par malice, pour sûr ; car, voyez-vous, je vous aime quasiment comme mon père. »

Pour toute réponse, je l'attirai sur mon cœur, et je l'embrassai avec une vive émotion. J'étais tenté de baiser ses pauvres vêtements sales, ses mains noircies par son grossier travail, et je redisais en moi-même la parole ineffable du Sauveur : « Je vous rends grâce, ô mon Père, Dieu du ciel et de la terre, parce que vous avez caché ces choses aux savants et aux sages, et que vous les avez révélées aux tout petits. » Ce pauvre garçon d'écurie était de la famille de saint Benoît Labre, de saint François d'Assise, des pêcheurs de Galilée devenus les apôtres de Jésus-Christ, et je bénis Dieu de la leçon d'humilité qu'il m'avait donnée par la bouche de son cher petit serviteur.

C'est ainsi qu'après m'avoir embrassé, rembarré, *collé* en forme pendant notre court entretien, cet enfant de Paris, revenu de Bourgogne, finit par m'édifier jusqu'aux larmes, et qu'il me rendit en une fois toutes les leçons de doctrine et de charité chrétienne que j'avais pu lui donner pendant une année de catéchisme.

L'HOPITAL

Permettez-moi de vous présenter mon jeune ami Albéric, grand et beau garçon de dix-neuf ans, à la tournure svelte, à la physionomie fine et distinguée, excellent sujet, chrétien fervent, très estimé de ses patrons, et n'ayant gardé de ses anciennes fonctions de gamin de Paris qu'un accent un peu traînard et une forte propension à découvrir et mettre en lumière les petits ridicules des gens. La transformation ne s'est pas faite en un jour, et certes, comme vous l'allez voir, celui-là n'a pas trouvé dans son berceau, dans les douceurs du foyer paternel, dans les leçons et les tendresses d'une mère, les qualités qui le rendent aimable, les vertus qui le font respecter.

Orphelin de bonne heure, laissé, après trois ou quatre ans d'école laïque, sans direction, sans surveillance, sans affection, étranger à l'église, où nul exemple, nul conseil ne l'avait poussé, il avait grandi dans l'abandon, livré à lui-même, enfant des rues dans toute l'acception du mot. Il y avait trouvé la société qu'on y trouve, les habitudes de vagabon-

2

dage, d'oisiveté, qui y poussent comme de mauvais champignons sur le fumier : et à voir traîner sur les quais ce long et maigre adolescent, à l'aspect maladif, tendant la main aux passants, poursuivant les braves gens de ses importunités lamentables, on l'eût pris pour un de ces apprentis du vice qui prépare au crime, de la chiperie qui prélude au vol et qui parfois mène à l'assassinat.

L'œil attentif d'un observateur aurait pu cependant découvrir dans la physionomie d'Albéric une mélancolie de bon augure, une sorte de dégoût mal dissimulé de la vie qu'il menait et des drôles qu'il fréquentait. Le pauvre enfant n'avait pris que leurs habitudes extérieures, et visiblement il ne se sentait pas chez lui, comme eux, dans la boue des rues et l'ombre des dessous de pont.

Il le prouva en saisissant avec joie la première occasion qui s'offrit d'en sortir. Un entrepreneur de je ne sais quoi, un de ces exploiteurs de la misère des pauvres et de la bêtise des riches, l'embaucha pour une besogne pénible, incessante, au-dessus de ses forces, sans autre rétribution que le vivre et le couvert : et quel vivre, grand Dieu ! quel couvert ! Des mets de mendiants, une paillasse de rebut sous un escalier. Mais c'était un travail avouable, une croûte de pain honnêtement gagnée, la fin du vagabondage et de la honte, et le pauvre garçon s'y lança à plein cœur.

Deux mois après, il était hors de combat, exténué, poussif, toussant à rendre l'âme, endolori des pieds à la tête. Il fallut le porter à l'hôpital, si ravagé par la fièvre, si défait, qu'il semblait déjà bon pour l'amphithéâtre. En entrant dans ce lieu de douleur, d'où la laïcisation venait d'expulser les anges, il éprouva cependant un moment de bien être : c'était la première fois depuis si longtemps qu'il couchait dans un vrai lit !

Hélas ! ce lit lui devint bientôt intolérable : la fièvre le dévorait, la souffrance s'aiguisait, et elle finit par se concentrer en un point : une tumeur s'était formée dans le ventre, et déjà les infirmiers prononçaient le mot d'opération. Une semaine se passa dans de cruelles angoisses, et un matin, le chirurgien en chef, croyant le pauvre enfant endormi, dit aux internes cette parole, qu'il entendit et qui le perça d'avance comme un fer acéré : « Le pauvre diable est perdu, il ne pourra supporter l'opération : je la tenterai cependant après-demain ; c'est une expérience à faire, qui sait ? »

Pour le coup, l'infortuné sentit l'amertume envahir son âme comme une marée montante. Tout l'abandonnait, jusqu'à l'espoir de vivre, qui fait tout supporter. Ainsi, il était condamné sans sursis, sans recours en grâce : le maître avait prononcé, et ses arrêts étaient toujours irrévocables. Il lui fallait mourir, et mourir de l'opération, à jour fixe, dans quarante-huit heures.

Et pas une consolation du dehors, pas un parent, pas un ami pour venir lui serrer la main, laisser tomber sur lui une parole de sympathie, verser

dans ce pauvre cœur de quinze ans une goutte
d'amour ! Ses camarades, ils pensaient bien à lui !
Ils couraient les rues, riaient, gobelotaient dans
quelque bouge. Et d'ailleurs, nul d'entre eux ne le
savait seulement à l'hôpital. C'était l'isolement
total, l'abandon absolu de toute créature. Il ne lui
restait rien... rien que le Créateur, c'est-à-dire tout.
La bonne Providence attendait ce moment suprême
pour intervenir.

Le pauvre enfant n'avait pas prié depuis des
années : les mots de Dieu, d'âme, de prière, lui
étaient devenus une langue étrangère..., et voilà
que, tout à coup, des profondeurs de cet abîme où
il agonisait, un souvenir lointain s'éveille ; un nom
monte à ses lèvres, et il murmure presque inconsciemment ces deux mots : *Ave Maria*.

Ave Maria ! parole rédemptrice ! Il avait invoqué
Marie, il était sauvé. A peine l'a-t-il prononcé, qu'il
se revoit petit enfant sur les genoux de sa mère,
qu'il se sent caressé par elle, qu'il l'entend lui parler d'une voix douce et tendre, et qu'il se met à
répéter phrase par phrase après elle la Salutation
angélique tout entière. Et depuis ce moment, sans
s'arrêter, sans reprendre haleine, soulevé par une
force inconnue, il dit et redit incessamment la
divine prière : sans la bien comprendre encore, il y
trouve des douceurs infinies, et toute la soirée de
ce jour commencé dans le désespoir, toute la nuit
suivante, l'*Ave Maria* ne cesse pas un instant de
remplir son âme et d'agiter ses lèvres.

Le lendemain à midi, c'était un jeudi, jour de visites, il récitait pour la millième fois peut être la prière rédemptrice, quand il voit un jeune homme entrer dans la salle et se diriger vers son lit. Un visiteur ? Pour lui ? C'est impossible... Soudain, son visage s'illumine, il tend les bras, s'écrie : Alexis ! et ses yeux se mouillent de larmes. — Albéric ! mon pauvre Albéric ! répond le visiteur qui se penche vers lui et l'embrasse longuement.

Alexis, c'était un de ses anciens compagnons, qui le protégeait contre les autres. Longtemps avant lui, il avait abandonné le vagabondage pour une existence régulière, et le pauvre enfant se souvenait maintenant que c'était le seul de tous qu'il avait aimé et dont il avait pleuré le départ. Le *hasard* avait voulu qu'Alexis rencontrât la veille un de leurs tristes camarades, qui avait su, *par hasard* aussi, l'entrée d'Albéric à l'hôpital, et voilà comment les deux anciens amis se retrouvaient dans les bras l'un de l'autre.

Telle fut la première réponse de la Vierge Marie à la prière du pauvre petit abandonné. Elle eût suffi à le combler de joie, et cette pensée de reconnaissance le saisit tellement, qu'avant toute autre parole il dit à son ami : « Je voudrais te confier quelque chose, mais je crains que tu ne te moques de moi. — N'aie pas peur, et dis toujours. — Eh bien, je ne sais pourquoi ni comment, mais depuis vingt-quatre heures je ne cesse pas de prier la Vierge Marie. — Et il regardait Alexis avec

2.

anxiété pour lire dans ses yeux ce qu'il en pensait.

Alexis, ému, l'embrassa de nouveau, lui raconta sa conversion, son bonheur présent, sa foi ardente, et finit en lui disant que ç'était surtout pour lui parler de Dieu et sauver son âme qu'il était accouru à son chevet d'hôpital. Puis il demanda au pauvre petit de lui dire son histoire, et quand celui-ci l'eut terminée, quand il lui eut raconté sa situation désespérée, l'opération fixée au lendemain, l'arrêt de mort tombé de la bouche du médecin, Alexis lui dit avec un accent de conviction qui réveilla l'espérance dans son âme : « La sainte Vierge qui m'a envoyé à toi si providentiellement ne s'arrêtera pas en chemin et achèvera son œuvre de délivrance. Je ne sais comment cela se fera : mais, soit par l'opération, soit autrement, je suis sûr que tu t'en tireras. Continue à prier avec la même ferveur, et tu verras que tout ira bien. »

Il le quitta sur cette bonne parole, et lui serrant la main : « Je ne te dis pas adieu, mais au revoir ». Puis il partit, le laissant presque rasséréné.

Le lendemain matin, jour fatal où l'opération devait avoir lieu, un bruit étrange se répandit dans l'hôpital et fit tressaillir le pauvre Albéric jusqu'au fond de ses entrailles. Le chirurgien qui devait l'opérer était mort subitement dans la nuit. Internes, infirmiers, malades, s'exclamaient, s'agitaient à qui mieux mieux : on eût dit une fourmillière sur laquelle on a marché.

Si je vous disais qu'Albéric joignit ses lamentations à celles des élèves et des protégés du docteur, vous ne me croiriez pas, et vous auriez raison. Ce coup de foudre, c'était pour lui un sursis, plus encore peut être. Il ne songea donc qu'à rendre grâces à Dieu et, joignant ses mains amaigries sous ses draps, il dit du fond du cœur : « Sainte Vierge Marie, je vous remercie ».

Le bienfait divin dépassa tout ce qu'il pouvait rêver. Le nouveau chirurgien, ayant examiné la tumeur, déclara l'opération impossible, et s'en remit à la nature d'achever le mourant. Or, la nature, aidée par la grâce, au lieu de l'achever, le guérit. Peu à peu, on ne sait comment, la tumeur incurable s'attendrit, s'affaissa, disparut, et un mois plus tard, Albéric sortait de l'hôpital complètement guéri. La mort du médecin avait sauvé le malade.

L'heureux petit ressuscité vit dans cette suite d'événements inespérés la main de la sainte Vierge, et il lui voua de ce jour une tendresse, une reconnaissance et une confiance sans limites.

Alexis poursuivit envers son ami son œuvre de consolation et de salut. A force de démarches, il parvint à le faire admettre dans l'établissement de M. l'abbé Roussel à Auteuil, où on refit toute son éducation religieuse avec son instruction primaire, et d'où il sortit un an plus tard, établi solidement dans la foi et la charité de Jésus-Christ par une première communion parfaite. L'estime et l'affection de ses maîtres, son heureuse physionomie, sa spirituelle gaieté, lui procurèrent une place avantageuse dans une maison chrétienne, qu'il n'a pas quittée depuis et qu'il ne quittera que pour le service militaire. — Sa piété s'est maintenue et virilisée avec l'âge. Sa gratitude pour tous ceux qui ont contribué à son sauvetage témoigne de l'élévation de son cœur. Il va sans dire que c'est la sainte Vierge Marie qui tient toujours la première place dans son âme régénérée. Ses rapports avec cette divine Mère sont touchants. — « C'est drôle, me disait-il un jour avec son air et son accent toujours reconnaissables de l'ancien gamin de Paris, elle fait tout ce que je veux, la sainte Vierge. C'est pis qu'une mère. Quand j'ai besoin d'un conseil, d'une grâce, je m'adresse à elle : elle m'écoute toujours et ne me refuse jamais. Je n'ai qu'à parler, et l'affaire est faite ».

Cette confidence naïve suffirait à prouver la piété et la droiture de cet enfant préféré de Marie, car celui-là seul obtient du Ciel tout ce qu'il demande, dont les désirs et les prières tendent à la gloire de Dieu et au salut des âmes.

LE SOLDAT

Julien, enfant de Paris, est né soldat. Sa mère, Alsacienne d'origine, lui a donné avec son sang, son lait et sa foi, toutes les énergies, toutes les passions de sa chère Alsace. Le petit bonhomme grandit dans cette atmosphère de patriotisme exalté, et, dès sa première enfance, son caractère s'en ressentit. Ardent, impétueux, il obéit, à la maison et plus tard à l'école, mais par un effort de volonté et non sans de vifs mouvements de révolte. Indiscipliné par nature, il se disciplina par raison : « Je dois être soldat, se disait-il dès lors, et un soldat doit obéir. » Jamais la punition ne le trouva récalcitrant ni raisonneur : la discipline le voulait ainsi. Dans les bons frères qui l'instruisaient, comme dans ses parents, il voyait des chefs et respectait l'autorité : devoir facile avec des maîtres si justes et des parents si tendres.

Sa confiance en lui-même était si grande et il l'exprimait si franchement, que ses maîtres le crurent d'abord présomptueux. Mais on vit bientôt que cette présomption n'était que le sentiment de sa

force, caractère propre aux hommes d'action, et
spécialement aux militaires. Ne pas douter de soi
est la première qualité du soldat, qui doit toujours
contenir en germe un chef. L'esprit militaire est un
composé d'abnégation, d'initiative et de commandement. L'obéissance absolue du soldat est le prélude
et la condition de l'autorité absolue de l'officier.

Julien apportait le même esprit de discipline dans
les choses de la religion. Catholique de naissance et
de tempérament, l'organisation de la société chrétienne, avec sa hiérarchie, depuis le curé du village
jusqu'au Pape, avec son unité de doctrine et de
commandement, satisfaisait pleinement sa raison et
ravissait son cœur. Il voyait et saluait en elle le
modèle divin de la hiérarchie militaire. Dès le catéchisme, il confondait l'Eglise et l'armée dans son
admiration et son amour. Il fit sa première communion avec une foi profonde, une piété angélique, et
la première grâce qu'il demanda à Dieu, après
avoir reçu le corps sacré de Jésus-Christ dans son
cœur, ce fut de faire de lui un soldat et de bénir sa
vocation militaire. Il m'a confié que, depuis, il
n'avait jamais quitté la sainte table sans renouveler
cette ardente prière.

Cette vocation, si rare chez un enfant de douze
ans, trouva bientôt un nouvel aliment dans l'arrivée
à Paris d'un parent de sa mère, Alsacien, ancien
sergent de francs-tireurs, qui, pendant l'invasion,
s'était fait un renom mérité de bravoure et d'audace.
Arrêté par les Prussiens, traduit devant une cour

martiale comme espion, il avait, à force de sang-
froid et de présence d'esprit, dérouté ses juges,
réduit à néant les preuves de son identité, et obligé
la cour de le traiter en simple prisonnier de guerre.
Enfermé dans une forteresse, il avait échappé à ses
gardiens comme à ses juges, et repris victorieuse-
ment le cours de ses exploits. Au récit de ses aventures, de ses embuscades, de ses triomphes, qui,
dans sa bouche, prenaient des proportions homé-
riques, l'enfant de Paris sentait tout son sang bouillonner dans ses veines, l'amour de la patrie, la soif
de la revanche l'envahissaient tout entier, et l'ardeur de sa vocation s'exaltait jusqu'à la fureur.

Bref, à quinze ans, il ne rêvait plus que batailles,
délivrance de l'Alsace, extermination de l'Alle-
magne. S'il n'avait fait qu'en rêver et en parler, on
aurait pu craindre que cette folle ardeur ne fût
qu'un feu de paille et que sa vocation y sombrât,
détruite par son excès même. Mais ce n'est pas ainsi
que Julien l'entendait, et bientôt nul autour de lui
ne put mettre en doute l'invincible énergie de sa
résolution. On le vit ordonner et concentrer sa vie
matérielle, intellectuelle et morale tout entière
autour de cette idée fixe, comme on voit tous les
rayons d'un cercle aboutir à leur centre, tous les
chemins d'une forêt converger au rond-point du
rendez-vous de chasse.

L'Église et la France étant à ses yeux indissolu-
blement unies, il affermit de plus en plus son âme
dans la connaissance et l'amour du catholicisme,

religion nationale pour nous, en même temps qu'un
verselle. Il plaça ses mœurs sous la sauvegarde d
la prière, de la communion, de l'amour des pauvres
et il prit part, avec son entrain accoutumé, à toute
les œuvres de zèle et de charité établies dans le
sociétés de jeunes gens chrétiens. Il eût rougi d'ap
porter à l'armée une âme amoindrie par l'erreur o
l'indifférence, une santé affaiblie par l'inconduite.

Il travaillait avec non moins d'ardeur à élever l
niveau de son intelligence et de son instructio
par l'étude de l'histoire, surtout de l'histoire d
France, et par la lecture des écrits relatifs au
choses de la guerre. Il suivait des cours de langue
allemande, apprenait sa théorie comme s'il étai
déjà au régiment, lisait les meilleurs ouvrages qu
racontent et apprécient les campagnes célèbres, l
vie des grands généraux des temps modernes, o
qui traitent de la stratégie militaire.

En même temps, il ne négligeait aucun moyen de
développer son adresse et sa vigueur physique.
Tous les dimanches matin, longtemps avant la messe
de son patronage, il se rendait au Mont-Valérien et
prenait part aux exercices d'une société de tir. Il
fut bientôt admis à concourir et remporta plus d'une
fois le premier prix. Il fortifiait ses muscles par la
gymnastique, par la marche, et, pendant la belle
saison, il consacrait l'après-midi de ses dimanches à
de longues promenades dans les environs de Paris :
il parcourait les champs de bataille de l'invasion et
des deux sièges, étudiait la topographie à l'aide de

cartes militaires qu'il avait pu se procurer et dont il savait se servir comme un officier d'état-major. Je ne citerai qu'un fait, en témoignage de son énergie à braver la fatigue et de la force physique qu'il avait acquise dans ces exercices répétés.

Se trouvant un jour en vacances aux environs de Paris, il reçut l'invitation de se joindre à plusieurs de ses camarades pour passer la nuit à la basilique du Sacré-Cœur de Montmartre, devant le Saint-Sacrement. N'ayant pas assez d'argent dans sa poche pour prendre le chemin de fer, et ne voulant pas en demander à ses parents, il partit à pied, fit d'une seule traite les trente-cinq kilomètres qui le séparaient de Paris, escalada les hauteurs de Montmartre comme un soldat monte à l'assaut, et fit vaillamment ses heures de garde devant le Saint-Sacrement exposé.

Le lendemain matin, après avoir entendu la messe et reçu le pain des forts, qu'il avait bien gagné, il cassa une croûte, avala une tasse de café noir, et repartit du pied gauche pour se retrouver quelques heures après à son point de départ. Ce brave enfant (il avait alors dix-sept ans) semblait si frais et si dispos en arrivant, que ses parents ne se doutèrent pas de son tour de force et crurent qu'il avait fait les deux routes en chemin de fer. Si ce récit leur tombe sous les yeux, ils y reconnaîtront leur fils : ce sera par moi qu'ils apprendront sa vaillante escapade.

Ce n'est pas qu'il eût peur d'eux : il les aimait

3

passionnément, et, de leur côté, ils ne lui refusaien[t] jamais rien. Ce n'est pas non plus qu'il craignît d[e] leur être à charge. Ils étaient fort à leur aise, et lui-même, par un emploi bien rétribué et par des tra[vaux] d'écritures auxquels il sacrifiait parfois un[e] partie de ses nuits, leur rapportait jusqu'à deux o[u] trois cents francs par mois. Il leur remettait tout c[e] qu'il gagnait et ne dépensait, comme argent d[e] poche, que ce qu'ils jugeaient bon de lui donner[:] touchante simplicité, digne de l'âge d'or du christia[-]nisme, que j'admire toujours, mais qui ne m'étonn[e] plus, depuis que je la retrouve en pratique chez l[a] plupart des jeunes gens chrétiens de Paris.

Julien avait environ dix-sept ans quand j'eus l'oc-casion de le présenter à un de mes amis intimes, général de premier ordre par le talent, le cœur, e[t] l'esprit. Celui-ci le fit causer, l'interrogea, lui donn[a] des conseils, et fut si frappé de ses qualités mili-taires, qu'il le prit dès lors sous sa protection e[t] se chargea de son avenir. Quelques jours après, i[l] m'envoya sa photographie « pour le ravissant peti[t] homme que vous m'avez fait connaître », m'écri-vait-il.

Pendant leur entretien, Julien lui avait exprimé so[n] désir ardent de s'engager dans un bataillon de chas-seurs à pied ; le général sourit, lui tapa sur la joue[,] lui dit qu'il faisait fausse route, que, s'il voulai[t] avancer rapidement dans l'armée, c'était dans u[n] régiment de ligne qu'il fallait entrer, et pas ailleurs.
« Alors, mon général, s'écria vivement le petit sol[-]

dat en herbe, je m'engagerai dans un régiment de
ligne. » Cette promptitude de décision frappa et
charma le général. Pour beaucoup de jeunes gens,
la couleur du pantalon, la coupe de l'uniforme,
jouent un rôle si prépondérant dans le choix du corps
où ils s'engagent !

Le dernier jour de sa dix-huitième année s'accomplit enfin, et, l'heure décisive sonna pour Julien, qui
l'attendait avec une impatience pleine d'angoisses.
Serait-il admis à s'engager ? Le trouverait-on assez
vigoureux pour le service ? Il ne perdit pas une
minute, et dès le lendemain de ce jour solennel, il
courut au bureau du recrutement et demanda à passer à la visite du major.

Il fut d'abord si mal reçu par celui de qui son
sort dépendait qu'il sortit désespéré de la salle de
révision. Pour je ne sais quelle vétille, ou plutôt
par je ne sais quel caprice, ce médecin, instruit
peut-être, mais certainement mal appris, l'avait
renvoyé sans examen et ajourné au surlendemain.
Ces deux longs jours furent les plus douloureux de
la vie du brave enfant : pour la première fois, il se
sentit tenté de découragement : ce fut dur, mais
salutaire. Quarante-huit heures après, je le vis se
précipiter chez moi triomphant : « C'est fait ! je suis
soldat ! » s'écria-t-il en se jetant dans mes bras.
Jamais je ne vis un jeune homme si heureux.

« Sors avec une larme, entre avec un sourire »,
a dit Victor Hugo à une jeune mariée, dans une de
ses plus charmantes poésies. C'est ainsi que Julien

sortit de la maison paternelle, et qu'il entra à la
caserne, autre maison paternelle, pour lui du moins,
car il y retrouva un père. Son colonel, averti par le
général, le reçut avec une parfaite bonté, le surveil-
lant de près, ne lui passant rien, exigeant beaucoup
de lui, parce qu'il voulait lui donner beaucoup.
Julien n'eut pas un jour, pas une heure de découragement. Il accepta tout, aima tout de son nouveau
métier, jusqu'à ses corvées et ses ennuis nécessaires. A qui aime, tout se change en délices. Il en
fut et il en sera toujours ainsi pour Julien.

Nommé caporal après sept mois de service, et
ayant obtenu quelques jours de permission pour
montrer ses galons à ses parents et à ses amis, il
m'écrivait, en réponse à ma lettre de félicitations :
« C'est de nouveau de ma chère caserne que je vous
écris... Je crois superflu de vous marquer avec quelle
joie j'ai reçu votre bonne lettre. Ces émotions ne
s'écrivent pas, elles s'impriment dans le cœur et y
restent aussi profondément attachées que mes deux
modestes galons rouges restent attachés sur ma
manche. »

Et puis après? Après? il n'y a plus rien, rien
que l'avenir qui appartient à Dieu. Cet avenir sera
brillant pour mon brave petit soldat parisien, si la
chance lui sourit et si Dieu lui prête vie. Que la vie
ne lui manque pas et je réponds qu'il ne manquera
pas à la vie. Ce qu'il a été, ce qu'il est, garantit ce
qu'il sera.

En tout cas, ce que j'ai raconté de cette existence

de vingt ans suffit à montrer ce qu'il y a de belle et
solide étoffe dans les enfants de Paris, pourvu que
les faiseurs en tirent bon parti au lieu de la gâcher.
A un fou raisonneur qui niait le mouvement, un
vrai philosophe ne fit qu'une réponse : il marcha.

Aux calomnies des aveugles et des sectaires,
vivants ou morts, qui accusent les frères ou les
jésuites de faire des impuissants et des crétins, je
réponds en montrant à tous mon caporal, élevé par
les frères, et mon général, élevé par les jésuites.

L'ATELIER

A Paris, peu d'élèves des frères entrent dans les
ateliers. Les parents, généralement moins instruits
que leurs enfants, émerveillés de leur science juvé-
nile, les dirigent de préférence du côté de la vie de
bureau. Administrations de l'État, compagnies de
chemins de fer, maisons de banque, de commerce,
d'industrie, tout leur est bon, tout leur est dési-
rable, pourvu que la comptabilité y fleurisse et que
la calligraphie y puisse déployer ses grâces.

Cette voie bureaucratique est, comme toutes les
voies parisiennes, semée d'épines, de cailloux, tra-
versée de luttes, de déceptions et d'embûches.
Beaucoup de ceux qui s'y engagent à la légère
ressemblent au bûcheron du bon La Fontaine : un
jour ou l'autre la concurrence effrénée, la chasse
aux emplois, les chômages, les faillites, les caprices
des chefs, les maladies, remplaçant la dîme, la taille
et la corvée du temps jadis,

> Leur font d'un malheureux la peinture achevée.

L'atelier, avec la plupart des mêmes épreuves,

présente des dangers plus redoutables encore au point de vue moral, et il faut aux enfants de 14 ou 15 ans, qui y entrent comme apprentis au sortir de l'école, une force de caractère peu commune pour résister à cette influence délétère. Les premières leçons qu'ils y reçoivent sont des leçons d'impiété, de blasphèmes, de grossière raillerie. Le tabac, la boisson, la débauche précoce les atteignent à la fois dans leur corps et dans leur âme. La bonne volonté des patrons, la surveillance des contremaîtres peuvent atténuer le mal, mais non le détruire ; et s'il y a des degrés dans cette corruption, si, dans les ateliers même les plus mauvais, il se rencontre beaucoup de braves gens et d'honnêtes ouvriers, il est certain que l'atelier tel qu'il est constitué de nos jours, avec la licence de la presse, de la chanson, de la caricature, et la souveraineté du respect humain, est fatal à la conservation de la foi et des mœurs dans les âmes des enfants et des jeunes gens.

Pourtant, si la démoralisation est la règle, grâce à Dieu, elle souffre des exceptions. Parmi ces apprentis et ces jeunes ouvriers de 15, 18 et 20 ans, un certain nombre, entamés, mais non détruits, se refont après s'être défaits, et trouvent dans les patronages chrétiens, religieux ou laïques, la force du repentir et de la persévérance. De ceux-là, on peut dire, toujours avec l'immortel bonhomme :

Ils ne mouraient pas tous, mais tous étaient frappés.

Mais il en est d'autres qui ne sont pas même frappés, et j'ai connu des jeunes gens chrétiens, élevés par les frères, qui ont grandi parmi les tentations et les dangers de l'atelier, sans y perdre une parcelle de leur foi, sans même y contracter une souillure. Avant de vous montrer à l'œuvre un de ces jeunes héros, permettez-moi de vous dire un mot d'une des victimes de l'atelier dont le corps a succombé, mais dont l'âme s'est purifiée dans la souffrance et le repentir.

Il était charmant, ce pauvre Paul, avec sa taille élancée, ses grands yeux limpides, et la grâce un peu gauche de son adolescence. D'un esprit fin et doucement moqueur, d'un cœur aimant, d'une bonté expansive, il semblait n'avoir qu'à se laisser mener par la Providence pour vivre heureux. Sa belle écriture, son style d'une élégance et d'une pureté incroyables chez un garçon de 15 ans, sortant de l'école primaire, lui promettaient un avenir brillant. Mais il manquait un peu de jugement et complètement de caractère. Un caprice irréfléchi l'écarta de la vie de bureau pour le pousser à l'atelier et, au lieu d'aspirer à une carrière d'écrivain et de rédacteur, dans quelque grande administration, il voulut devenir ouvrier mécanicien.

Avec une santé plus vigoureuse et une volonté plus énergique, il eût pu réussir et se faire, dans ce métier, une très bonne situation. Mais ces deux instruments de lutte et de succès lui faisaient défaut. Passer dix heures par jour debout, penché

3.

sur un étau, à limer, polir, façonner l'acier et le
cuivre, c'est rude pour un corps d'adolescent, et, le
soir venu, le pauvre enfant se sentait plus las que
de raison. Cependant, tant que l'âme soutint le
corps, tant que la paix de la conscience et la pureté
de la vie vinrent en aide aux membres fatigués, l'apprenti résista à l'épreuve et gara tant bien que mal
son équilibre. Mais peu à peu une sorte de langueur
envahit son esprit, puis son cœur, et gagna ses
muscles et ses nerfs. Il éprouvait des alternatives de
faiblesse et de force, des défaillances momentanées
suivies de relèvements, il se sentait comme ballotté
par un flux et un reflux d'impressions contradictoires, et il se demandait avec anxiété s'il pourrait
longtemps encore lutter contre les mauvais courants
qui l'entraînaient à l'abîme.

Il me confiait naïvement ses inquiétudes, son
désir curieux et sa peur de cet inconnu vers lequel
le portaient ses passions naissantes, les exemples et
les discours de ses camarades, et dont l'écartaient
l'ennui, la fausse gaieté, le dégoût précoce de la vie,
visibles dans leurs regards, dans leurs accents, dans
toute leur attitude. Comment le plaisir pouvait-il
être chose si douce, et porter des fruits si amers?
Et cependant, malgré ce cri de son bon sens, malgré
la révolte de sa conscience chrétienne, malgré mes
conseils et mes prières, il se rapprochait de jour en
jour de cet arbre du fruit défendu, où chaque géné-
ration vient à son tour cueillir la déchéance et la
mort.

Ce qui le perdait, c'était moins l'attrait du mal que l'affaiblissement graduel en son âme de la notion du bien.

Être attaqué, maltraité, violenté même au sujet de sa foi et de sa sagesse, c'est dur parfois, me disait-il, mais ça peut se supporter. Ce qui est terrible, parce que c'est insaisissable, c'est ce scepticisme gouailleur qui se moque de tout, du mal comme du bien, de la vertu comme du vice ; c'est ce mépris de toute chose, de la religion, de la patrie, de la famille, cette *blague*, en un mot, pour l'appeler par son nom, qui rit de tout, ne respecte rien, ni père ni mère, ni pudeur ni honneur, et qui finit par envahir et empoisonner l'âme comme les miasmes paludéens empoisonnent le sang.

La blague, voilà le premier et le dernier mot de l'atelier ; c'est le voltairianisme de la rue. Voltaire osait se vanter dans ses lettres à ses amis de ses communions sacrilèges à Ferney. « Je viens de déjeuner à l'église par devant notaire », écrivait-il le jour de Pâques avec son cynisme de damné. — A l'atelier, mon pauvre Paul entendait les beaux esprits de l'endroit lui dire en ricanant : « Si ça te rapporte quelque chose d'aller à ton patronage, à la messe, à confesse, vas-y bravement, mon bonhomme. Confesse-toi, communie, et fais-toi bien payer. L'argent des calotins est toujours bon à prendre. »

De part et d'autre, c'est la même inspiration, le mépris de Dieu, de la vérité, de l'âme humaine,

mais avec une différence fondamentale : le sacrilège
que les philosophes de la lime et de l'étau conseil-
laient en *blaguant* au pauvre apprenti, ils ne
l'auraient pas voulu commettre eux-mêmes pour un
empire, tandis que Voltaire le commettait tranquil-
lement et s'en vantait. Les impies de l'atelier ne
sont le plus souvent que des égarés et des incons-
cients ; Voltaire, lui, était un misérable.

Parmi tous ces dangers, le pauvre enfant atteignit
la fin de son apprentissage sans avoir entièrement
rompu avec ses amis d'enfance et ses habitudes
chrétiennes ; mais à peine ouvrier, l'occasion de
chute, écartée jusque-là, vint au-devant de lui et triom-
pha presque sans lutte de ses dernières résistances.
Il se précipita tête baissée dans les plaisirs mortels
de Paris, et il en sortit, quelques mois après, usé
jusqu'à la corde, démoli, dévoré : le corps y resta,
mais l'âme se réveilla et se retrouva tout entière. La
maladie, chrétiennement acceptée, lui rendit toutes
les tendresses, toutes les délicatesses de sa foi et
de son cœur, et il expira, repentant et purifié, au
milieu de ses vrais amis et des prières suprêmes de
l'Église, dans les bras et sous les larmes de sa
mère.

Voilà la victime de l'atelier ; en voici maintenant
le héros. Christian a vingt ans, il ne ressemble en
rien à Paul : sous une frêle enveloppe, il porte une
âme énergique, fortement trempée dans la foi catholique. Au premier regard, on le prendrait pour un
enfant ; au second, on reconnaît en lui un homme.

Il l'a toujours été, de même qu'il y en a qui ne le seront jamais. Vivre, pour lui, c'est faire son devoir. Au foyer paternel, il s'est toujours montré le plus tendre des fils ; sa mère, veuve de bonne heure, a retrouvé en cet enfant de douze ans l'appui, le dévouement viril de son mari. A l'école, modèle de ses camarades, il a travaillé, obéi, respecté ses maîtres, sans un moment de défaillance. Tous les jours de sa vie ont ressemblé au jour de sa première communion.

A l'atelier, la contradiction et la lutte n'ont fait qu'affirmer et mettre en plus vive lumière son invincible fermeté. Apprenti, puis ouvrier dans une grande typographie, il s'est toujours montré catholique, sans ostentation comme sans faiblesse, et jamais les railleries, les grossièretés, les menaces même de ses camarades d'atelier ne l'ont fait dévier d'une ligne ni reculer d'un pas. Peu à peu, les mauvais plaisants et les mauvais sujets se sont tus ; ils ont désarmé devant des convictions si calmes et si fortes, et l'estime, l'affection même chez plusieurs ont succédé aux quolibets et aux persécutions.

Un trait et une lettre de lui suffiront à le faire connaître tout entier dans son héroïque simplicité.

Un nouveau venu dans l'atelier, sorte d'Hercule typographe, posant en franc-maçon, quoi qu'il ne fût ni franc ni maçon, se mit dès le premier jour à déblatérer devant lui contre la religion, les prêtres, les catholiques, et il finit par s'écrier, avec une voix de stentor et des gestes d'énergumène : « Je voudrais tenir un de ces cléricaux ! *Je l'étriperais* sur place et de la belle façon. »

Christian se lève, s'avance vers lui, et le regardant bien en face : « Étripez-moi donc, car je suis clérical. — Toi, clérical ! misérable ! hurle le colosse en levant sur le jeune chrétien un poing à assommer un bœuf. Si j'en étais sûr !... Mais, non ! tu mens, c'est une farce ; tu n'oserais pas le dire devant moi. — Ce n'est pas une farce, c'est la vérité, demandez aux autres. »

Et les autres de s'écrier tout d'une voix qu'il est bien clérical, du corps à l'âme, de la tête aux pieds, et, par-dessus le marché, brave garçon et excellent camarade.

Le pourfendeur des cléricaux, tout décontenancé, rentra sa fureur et ses menaces ; pour la première fois peut-être, il sentait qu'il n'avait pas les rieurs de son côté. C'est que, pour la première fois, il avait trouvé devant lui un catholique digne de ce nom et fier de sa foi.

Ce trait et d'autres semblables nous attachèrent à ce noble jeune homme, et c'est en réponse à une de nos lettres qu'il nous écrivit ce qui suit :

« ... Je trouve que vous êtes beaucoup trop bon en me félicitant du peu d'énergie que j'ai pu déployer pour défendre notre sainte religion. — N'est-ce pas un devoir pour l'enfant de défendre sa mère ? — Et puis, le peu de courage avec lequel j'ai toujours repoussé tout ce qui pouvait salir ce nom de chrétien dont je suis si fier, n'est-ce pas dans l'enseignement reçu aux différents catéchismes de la paroisse et à l'école des frères que je l'ai puisé? Donc, s'il y a tant soit peu de mérite attaché à quelques-unes de mes actions, c'est à ces hommes du devoir qu'il doit être attribué. Quant à moi, je n'aurai jamais assez de ma vie pour leur témoigner toute ma reconnaissance.

« D'ailleurs, défendre notre foi est, quand on y songe, une chose très facile. Il n'y a que le premier pas qui coûte ; ce premier pas fait, on ne peut ni on ne doit plus s'arrêter.

« Nos pauvres ennemis sont beaucoup moins forts qu'ils ne le paraissent. Quand ils ont épuisé les quelques arguments soi-disant sérieux qu'ils possèdent, ils n'ont plus recours qu'à des menaces et à des grossièretés. Les menaces, on s'en amuse. Quant aux grossièretés, elles sont comme la boue des rues ; elles n'atteignent jamais l'homme qui veut se tenir propre. Il s'en écarte, et tout est dit... J'attends avec impatience le jour où j'aurai le bonheur de vous voir au milieu de nous prendre part au banquet fraternel et vivifiant de la sainte eucharistie. En attendant cet heureux moment, je suis, en l'amour de Notre-Seigneur Jésus-Christ et de sa très sainte Mère, votre jeune ami, catholique et ouvrier. — Christian. »

On le voit, cet enfant de Paris écrit comme il parle et comme il agit. C'est un homme, c'est un chrétien. Si tous les catholiques avaient au même degré le courage de leur opinion, ils resteraient les maîtres de leur conscience et de leur vie. Mais, de notre temps, le caractère est ce qui manque le plus et, comme toujours, la peur amène la défaite.

Les premiers chrétiens ont fondé le règne de Jésus-Christ en mourant pour lui. Pour rétablir ce règne ébranlé et nécessaire au salut du monde, à l'atelier, comme à la caserne, comme partout, il suffirait aux chrétiens d'aujourd'hui d'oser braver quelques sottes railleries, quelques menaces ridicules.

Plus que tous autres, les enfants de Paris, avec leur verve et leur entrain, ont ce qu'il faut pour triompher. Ne sont-ce pas les *Petits mobiles de Cavaignac* qui, en juin 1848, ont sauvé la France de la Commune, et retardé de cinquante ans l'avènement du socialisme révolutionnaire ?

THÉATRES

CHANSONNETTES

A la jeunesse il faut des divertissements : n'en faut-il pas à tout âge ? Plus cette pauvre jeunesse est active, laborieuse, attelée à d'énervantes besognes, plus elle a besoin de distractions ; et ce besoin s'accroît encore quand à la fatigue du travail s'ajoute la monotonie qui en double l'ennui. — Or, parmi les plaisirs que les directeurs d'œuvres chrétiennes se croient permis et obligés d'offrir à leurs jeunes gens, il en est un qui prime tous les autres, surtout à Paris, c'est le théâtre ou plutôt l'illusion du théâtre. Je m'explique.

Le théâtre, tel qu'il est constitué depuis des siècles et surtout dans le nôtre, est toujours dangereux et le plus souvent funeste. Il s'adresse aux sens, aux passions, dissipe l'esprit, bouleverse le cœur, et les émotions violentes qu'il excite dans les âmes neuves sont bien rarement des émotions salutaires. Elles irritent la soif des jouissances au lieu de l'apaiser. Qu'il fasse rire ou pleurer, le théâtre démoralise : son rire sonne mal, ses larmes brûlent, et le jeune homme en sort presque toujours moins tranquille, moins sage, moins honnête qu'il n'y est entré. — Dans la vieille devise classique : *Castigat ridendo mores* (il corrige les mœurs en riant), remplacez le mot *castigat* par celui de *corrumpit*, et vous aurez la formule vraie : le théâtre corrompt les mœurs en riant. — Châteaubriant était si convaincu de cette vérité que, recevant la visite du jeune Ozanam, tout frais débarqué de province pour faire son droit à Paris, il lui donna avant tout le conseil de fuir le théâtre comme le feu.

Et cependant, après bien des controverses, des hésitations, des expériences, les directeurs d'œuvres, les chefs d'institutions catholiques ont tous ou presque tous inscrit les représentations théâtrales, données à leurs jeunes gens et par eux, en tête de leur programme. Les pères jésuites, les premiers, les ont établies dans leurs collèges ; les frères ont suivi cet exemple dans leurs grands pensionnats, et depuis que des patronages ont été fondés, soit par eux et chez eux, soit ailleurs et par d'autres, l'usage s'en est répandu partout. Les cercles et les patronages de Saint-Vincent de Paul, où la piété est si florissante, donnent même à ces sortes de récréations des soins et des développements tout particuliers, et témoignent ainsi de l'importance qu'ils y attachent.

Il s'est rencontré des esprits, et d'excellents,

qui ont condamné cet usage, avant que l'expérience
en ait démontré l'opportunité et les avantages, très
supérieurs à leurs dangers. Un bon curé d'une
grande ville, trouvant ce genre de divertissement en
honneur autour de lui, s'y était montré très hostile,
et l'avait critiqué vivement, en principe et en pratique, dans ses conversations et dans ses discours
publics. Or, ayant été amené à fonder dans sa
paroisse un patronage de jeunes gens, il se trouva
bientôt aux prises, non plus avec la théorie, mais
avec les hommes et les choses. Son opinion se
modifia si vite et si complètement que, trois mois
après, obligé de capituler, et sacrifiant son opinion
au bien des âmes, il autorisait ses jeunes gens à
donner une représentation de charité, non pas chez
lui, mais chez le voisin... pour commencer. Ce fait
parle plus haut que toutes les théories.

Revenons à nos enfants de Paris, et voyons ce
qui se passe chez eux : on jugera de l'arbre par ses
fruits. Plus que tous autres, les jeunes Parisiens
ont besoin de trouver dans leurs patronages un
préservatif contre les spectacles corrupteurs qui les
entourent et les appellent par toutes les voix de la
publicité. Journaux, affiches illustrées, camarades
de bureau ou d'atelier, tout leur parle du théâtre,
surtout de ces petits théâtres de faubourg, d'autant
plus dangereux qu'ils sont à plus bas prix, et que
l'art y est remplacé par la grossièreté, quand ce
n'est point par l'ordure.

Or, la représentation de pièces bien choisies,

composées ou arrangées pour les jeunes gens,
jouées par eux devant leurs camarades, leurs
parents et leurs bienfaiteurs, répond parfaitement à
ce double but : satisfaire leur curiosité en éveil,
leur goût inné pour le spectacle, et les détourner de
la fréquentation des vrais théâtres. C'est étrange
peut-être, illogique si l'on veut, mais c'est ainsi.
Les farces, les comédies, les drames honnêtes,
joués dans les cercles et les patronages, au lieu de
surrexciter la passion du théâtre chez les jeunes
gens, les satisfont complètement et les laissent
froids pour les spectacles du dehors.

Je puis attester que, dans la plupart des cercles
et patronages de Paris, les jeunes gens, même
arrivés à l'âge d'hommes, ne fréquentent pas les
théâtres, et qu'ils préfèrent beaucoup leurs divertissements particuliers à ceux du public. Si quelques-uns se permettent de loin en loin une infraction à cette règle, c'est pour aller entendre quelque
opéra-comique populaire et honnête, comme la
Dame Blanche, Mireille, Mignon, ou bien encore, au
Théâtre-Français, l'immortelle *Athalie*, ou la noble
Fille de Roland. L'art élevé, la note catholique et
patriotique, voilà ce qui les attire et ce qui les
touche.

Ce qu'ils aiment tant dans leurs représentations
intimes, c'est d'abord la satisfaction de leur goût
pour l'imitation, qui est le fond de l'art théâtral ;
changer de peau, de costume, de langage, de personnage, cet exercice les enchante, et ils y excellent.

Les répétitions, les représentations elles-mêmes,
avec leur imprévu, les péripéties, les histoires de
souffleur, la crânerie des vétérans, la timidité et les
gaucheries des débutants, puis les applaudissements.
les rires, dont les éclats dépassent dans ces jeunes
auditoires les limites connues, tout cela les trans-
porte dans un monde nouveau, et jette de la gaieté
pour des semaines dans la monotonie de leur vie de
magasin ou de bureau. Rien ne les attire et ne les
attache autant à leurs sociétés et à leurs cercles que
ce genre de divertissement, et les petits attendent
avec une ardeur impatiente le jour où ils seront
jugés dignes de monter à leur tour sur les planches.

Ce n'est pas tout. Les familles des jeunes gens
sont aussi attachées qu'eux-mêmes à ces séances
comiques ou dramatiques, où elles applaudissent
leurs enfants, admirent leurs costumes, s'enthou·
siasment de leur talent et de leur succès.

Je me souviens d'une pièce enfantine jouée par
les plus jeunes, en très jolis costumes de pages de
la Renaissance : les exclamations des mères, l'extase
des petits camarades, l'incroyable aisance de ces
gamins de Paris sous leurs manteaux de velours,
leurs toques à plumes et leurs perruques frisées,
leur mine joyeuse et hardie de vrais pages, leur
aplomb et leur mémoire imperturbables, formaient
un ensemble curieux et charmant au-delà de toute
expression.

Comment parents et enfants ne se sentiraient-ils
pas plus attachés que jamais à leurs patronages,

après des séances pareilles, qui éveillent les sentiments les plus chers au cœur humain : la reconnaissance, l'enthousiasme et l'orgueil maternel ?

Ces représentations ont un intérêt plus général
encore. Les prêtres de paroisse, curé en tête, se
font un doux devoir d'y assister et de les consacrer
en quelque sorte par leur présence. Ils ne sont pas
les derniers à rire et à applaudir, à féliciter les
jeunes artistes ; et, de cette communauté de plaisirs et de sentiments, naissent entre les jeunes
gens, les paroissiens et leurs pasteurs, des relations
plus intimes, d'aimables souvenirs qui rapprochent
les distances, préparent les retours à Dieu et faci-
litent le ministère sacerdotal.

Enfin, et ce dernier point a une particulière
importance, ces soirées récréatives sont pour les
sociétés de jeunes gens une des principales ressources de leur modeste budget. Le prix des places,
presque nul pour les enfants et leurs familles, peu
élevé pour le reste de l'assistance, suffit cependant,
avec le produit souvent fructueux des quêtes, non-
seulement aux frais des séances, mais à une partie
des frais généraux des sociétés, éclairage, chauffage,
service religieux, bibliothèques, récompenses, promenades hors Paris, caisse de secours pour les
malades.

Les choses étant ainsi, on comprend que ces
représentations occupent une si grande place dans
l'organisation des patronages, dans le cœur des
jeunes gens, et que les plus anciens, les plus zélés,

les plus pieux, tiennent à honneur d'y participer. Il est remarquable, en effet, que les meilleurs sociétaires sont aussi les acteurs les plus dévoués, les plus applaudis, les premiers au feu de la rampe comme à toutes les œuvres, à tous les exercices de piété ou de charité. Ils ne s'y dissipent point, parce qu'ils y vont par devoir plus encore que par plaisir, et qu'ils y voient un moyen de payer leur dette de reconnaissance vis-à-vis de leurs chers directeurs, de chrétienne fraternité vis-à-vis de leurs camarades.

J'en ai connu, de ces jeunes gens vraiment dignes d'admiration, qui élevaient ces divertissements profanes à la hauteur d'un exercice religieux et qui ne perdaient pas plus la présence de Dieu sur la scène, que le général de Sonis, dans ses charges de cavalerie, sur le champ de bataille de Solférino.

Certes, ces natures d'élite sont rares, et je dois avouer, pour être impartial, que, de loin en loin, des jeunes gens, de plus petite vertu et de conduite moins exemplaire, trouvent dans ces plaisirs honnêtes une occasion de chute, qu'ils trouveraient ailleurs si celle-ci leur manquait. Deux ou trois même, depuis un demi-siècle, et sur cinquante patronages, prenant leur talent de comédien trop au sérieux et grisés par de faciles succès, ont tenté la fortune au théâtre où, grâce à Dieu, ils n'ont fait que passer. L'indifférence du public, les déboires de ce triste métier et les souvenirs de leur jeunesse chrétienne y ont mis bon ordre. Ces infimes exceptions ne font que confirmer l'excellence de la règle, la sagesse qui préside à son application, et le parfait esprit de ces milliers de jeunes gens répandus dans toutes les paroisses de notre détestable et admirable Paris.

Après avoir justifié, en les exposant, ces séances récréatives universellement acceptées, où fleurissent les pièces de théâtre et les chansonnettes dont je n'ai rien dit encore, je voudrais maintenant les montrer en exercice dans les divers patronages de la capitale, avec leurs caractères distinctifs.

Les enfants des patronages des quartiers riches qui bordent la Seine et ceux des anciens faubourgs, depuis Belleville, la Villette et les Batignolles, jusqu'à Vaugirard, Montrouge et les Gobelins, sont à peu près tous de même condition, ont reçu la même éducation et ne forment, par les idées, les croyances, les mœurs, qu'une grande famille de frères, élevés par des frères. Mais dans leurs habitudes, leurs goûts, et spécialement dans ces séances récréatives dont nous nous occupons ici, on remarque des différences ou du moins des nuances caractéristiques, très intéressantes à étudier.

Dans les quartiers excentriques ou populaires, ce qui est tout un, les rues, les boutiques et les gens ont un aspect de simplicité familiale qui constitue leur physionomie propre : hommes et choses semblent se connaître entre eux, comme les maisons et les habitants d'une petite ville de province ou d'une

commune rurale. Je ne parle pas du flot des ouvriers
qui sillonnent les grandes avenues aux heures mati-
nales pour aller à leur besogne, aux heures crépus-
culaires pour regagner leur lointaine demeure. Je
parle de la population sédentaire des petits mar-
chands, des boutiquiers, des ateliers de famille qui
ne réunissent que quelques compagnons ou apprentis autour du patron. Tout ce monde a un air d'intimité, presque de rusticité qu'on ne retrouve à aucun
degré dans les quartiers riches de la grande ville.
On s'y agite moins, on ne s'y bouscule pas dans
l'encombrement tumultueux des trottoirs ; on n'y
stationne pas, comme sur les boulevards élégants,
devant de brillants étalages, parce que là il n'y a
rien pour fixer l'attention et les pas errants du
badaud. Il n'y a même pas de badauds dans ces
laborieuses régions, où chacun vit de son travail,
où l'on ne se repose que le dimanche, quand on se
repose.

Ces divers traits de physionomie se retrouvent
dans les séances récréatives données par les jeunes
gens de ces quartiers excentriques, et ils leur com-
muniquent un charme tout particulier. Là tout se
fait sans apprêt, sans cérémonie, avec une simplicité
pleine de grâce.

Le préau de la maison, transformé pour la circonstance en salle de spectacle, s'harmonise avec la
modestie des costumes, des décors, avec le sans-
façon des jeunes artistes et des spectateurs. Tout
le monde se connaît et se reconnaît. Ce sont des

4

fêtes de famille dans tout leur aimable abandon. On sent que, pour ce peuple d'enfants, de jeunes gens, de parents, d'amis et de braves gens du quartier, ces représentations théâtrales, ces comédies, ces drames, cette musique, ces chansons, sont les seuls spectacles, les seuls concerts.

Les grands théâtres des boulevards, c'est bon pour les riches ; c'est trop loin, trop cher, trop compliqué. Mais ici, dans ces humbles préaux, on est chez soi, sans gêne. On paie peu, très peu, et on s'amuse beaucoup. On parle tout haut dans les entr'actes, on s'interpelle ; les petits sortent, rentrent, bousculent le monde sans faire crier personne.

Et pendant les pièces, que d'applaudissements tumultueux ! quelles exclamations de joie ! quels éclats de rire formidables ! Quelles bonnes larmes dans les drames, dont les auditoires populaires sont avides et que les jeunes artistes jouent avec beaucoup de sentiment et de vérité ! Ce n'est peut-être pas très classique, mais c'est vrai, et plus émouvant mille fois que les trémolos mélodramatiques des acteurs de profession.

J'ai vu représenter ainsi une pièce où le comique se mêle au dramatique, *les Crochets du père Martin*, par des jeunes faubouriens de 18 à 20 ans, avec une chaleur, une verve, une intensité d'expression bien rares chez les élèves les mieux dressés du Conservatoire. C'est là qu'on peut mesurer ce qu'il y a d'intelligence, de promptitude d'adaptation chez les enfants de Paris. Ils saisissent et rendent le côté comique ou tragique des personnages et des situations, par intuition, sans étude et comme en se jouant.

Mais c'est dans les chansonnettes et les romances, que toute cette jeunesse s'épanouit, s'étale, se répand avec une abondance et une verve sans mesure. Dans les quartiers populaires surtout, cet épanchement de gaieté et de sentimentalité en musique fait irruption en débordements torrentiels.

Ces braves enfants veulent tous lâcher en public leur petite chansonnette, plus souvent assaisonnée au gros sel qu'au sel attique, ou leur romance généralement patriotique. Ni les chanteurs, ni le public ne se lassent de l'*Alsace-Lorraine*, des *Trois couleurs françaises*, des *Oiseaux de France* volant infatigablement de Paris à Strasbourg, de Strasbourg à Paris. Ils ont bien raison, les braves enfants, de fouler aux pieds le misérable respect humain de la patrie, du souvenir et de l'espérance. Qui ne préférerait le chauvinisme, quand il est naïf et sincère, à l'odieux et mortel scepticisme ?

En fait de chansonnettes, ce qui a le plus de succès, ce qui provoque l'éclat de rire le plus intarissable, c'est l'exhibition du campagnard, de l'Anglais et de l'Auvergnat. Ce n'est pas dans la caricature de l'*Englishman* qu'ils excellent ; mais dans le paysan ahuri, et surtout dans l'Auvergnat, ils sont la perfection même. Ces intrépides artistes ne chantent pas seulement, ils jouent leurs chansonnettes, et trouvent moyen, entre deux actes, de changer deux fois de costume, au grand émerveillement du public.

Vous venez de voir en scène un beau jeune homme en habit noir, en soldat, en prince, faisant son personnage à ravir. L'acte finit ; le rideau se baisse, puis il se relève, et vous avez devant vous un de ces braves Auvergnats traditionnels, noirs de vêtements, de peau, de chapeau, avec une démarche, un accent plus auvergnats que nature. Vous savez que c'est le même personnage, et vous ne pouvez le reconnaître. Il ouvre la bouche, tout l'auditoire se tord de rire ; il chante, on se pâme ; et quand il a fini ses couplets, la salle semble prête à crouler sous les applaudissements. L'Auvergnat salue, se retire, la toile retombe, remonte, et le soldat, le prince de la comédie reparaît, plus reluisant, plus élégant que tout à l'heure. Voilà de ces tours de passe-passe dont les enfants de Paris ont le secret.

Un autre secret qu'ils possèdent, c'est celui de se faire tout pardonner. J'ai vu, pendant ces chansonnettes auvergnates, de vrais Auvergnats en habits, en soutane, rire plus fort que tout le monde. On sait que, depuis Vercingétorix, l'Auvergne, sol fécond et généreux, a peuplé de ses enfants la cour et la ville, l'administration, l'armée et le clergé. Il est de tradition que plusieurs des grands curés de Paris appartiennent à cette noble province. Cela ne les empêche pas de présider les séances de leurs chers jeunes gens et de donner toujours le signal des applaudissements.

Un mot encore sur nos braves petits faubouriens,

avant de faire un tour dans les quartiers riches. Le dévouement qu'ils déploient dans les préparatifs de leurs représentations est inconcevable. Ils se font tour à tour peintres, tapissiers, charpentiers, menuisiers, montant le théâtre, mettant en place les décors après les avoir peints, sacrifiant à ces travaux leurs rares heures de liberté, pour réduire le plus possible les frais de séances. La nuit qui précède le grand jour, ils n'ont guère le temps de dormir, et le dimanche matin, après la messe du patronage, ils se remettent à la besogne jusqu'à l'heure de la représentation.

Il leur arrive souvent, pour doubler leur modeste recette et satisfaire un plus grand nombre de spectateurs, de donner deux représentations de suite dans la même journée, la première de 2 heures à 6, la seconde de 8 heures à minuit : admirable abnégation, dont ils ne paraissent pas se douter, qu'ils mènent joyeusement jusqu'au bout, et dont leur modestie et leur infatigable bonne humeur doublent le prix.

Cette générosité, cet entrain de dévouement se retrouvent chez les jeunes gens de tous les quartiers, et par bien des côtés leurs séances récréatives se ressemblent. Mais dans les riches paroisses du centre, si la sympathie de l'auditoire pour cette vaillante jeunesse est la même, la situation et les habitudes des spectateurs exigent ou du moins expliquent les moyens un peu moins simples qu'on emploie pour les contenter.

4.

Les ressources étant plus grandes, le luxe des
salles de séance, des décors, des costumes, de la
mise en scène, s'accroît, au détriment de l'aimable
simplicité des petits. On s'aperçoit, au jeu plus
correct des acteurs, à l'art des chanteurs, que des
maîtres compétents ont passé par là.

Parfois, un jeune professeur de déclamation,
ancien élève des frères, doué d'une voix si puissante, d'un si grand talent de comédien et de tra-
gédien qu'il aurait pu, s'il l'avait voulu, entrer et
briller au Théâtre-Français, se mêle à ses anciens
camarades, les élève presque à son niveau par ses
conseils, et on a pu ainsi, dans plusieurs de ces belles
séances, représenter la *Fille de Roland* de M. de
Bornier, arrangée par l'auteur lui-même, avec un
éclat, un talent et un succès incomparables.

Des résultats presque aussi brillants sont quelquefois obtenus, dans d'autres patronages, par les
jeunes sociétaires réduits à leurs propres forces, et
je pourrais citer telle représentation où les applaudissements enthousiastes de l'auditoire saluaient le
jeune auteur d'un drame émouvant et inédit qu'il
venait de jouer avec ses camarades. On voit que,
lorsqu'ils s'en mêlent, nos enfants de Paris sont
capables de tout.

Aussi, et ce sera la conclusion de cette trop
longue histoire des séances récréatives données
dans leurs cercles par les jeunes gens chrétiens, je
préférerais les voir se concentrer de plus en plus
en eux-mêmes, tirer toutes leurs ressources de leur

inteligence, de leur talent, de leur dévouement personnel, et réserver le concours des artistes de profession, comédiens, musiciens, diseurs de romances et chansonnettes, soit pour les séances solennelles où se distribuent les récompenses, soit pour les fêtes de charité qu'ils donnent au bénéfice de leurs pauvres. Le plus charmant spectacle qu'ils puissent offrir à leurs protecteurs, comme aux regards des anges, sera toujours celui de leur dévouement, de leur talent naturel et de leur simplicité.

BONS CŒURS

Quand Dieu créa le cœur de l'homme, il y mit premièrement la bonté. Le mot est de Bossuet, et le P. Lacordaire, après l'avoir cité dans une de ses admirables conférences, s'écriait : « Bossuet n'eût-il dit que cette parole, je le tiens pour un grand homme ! »

La bonté, en effet, est le fond et l'honneur de la nature humaine; elle est aussi le fond de l'essence divine. C'est par bonté que Dieu créa le monde; c'est par bonté que le Fils de Dieu, égal au Père, s'incarna pour sauver le genre humain. La bonté est l'expression et le fruit de l'amour. Aimer, c'est se donner; c'est, comme l'a dit excellemment Leibnitz, mettre sa félicité dans la félicité d'un autre. La charité ou l'amour, et la bonté, sont donc une seule et même chose, et, en dehors de la bonté, il n'y a pas de salut, pas de bonheur, de même qu'en dehors de la charité, lumière et vie des âmes, il n'y a que les ténèbres de la nuit et le froid de la mort.

Aussi, de toutes les qualités de l'homme, la bonté est-elle la plus charmante, la plus populaire, la seule que rien ne remplace et qui tient lieu des autres. Sans la bonté, l'esprit et le génie même font plus de mal que de bien. Ils éclairent comme le feu d'un incendie qui dévore, comme l'éclat de la foudre qui aveugle et augmente la nuit.

La bonté seule est aimable parce qu'elle fait aimer. Elle trouve moyen de suppléer aux défaillances de l'esprit : elle donne aux plus petits, à d'humbles femmes, à des enfants, à des mendiants, des inspirations sublimes. Les grandes pensées viennent du cœur, les grandes actions aussi. Ce sont les hommes de cœur qui sauvent les nations ; les hommes d'esprit ne font que les amuser et parfois les corrompre. Jeanne d'Arc a sauvé la France, Voltaire l'a perdue.

Eh bien ! les enfants de Paris, quand le défaut d'éducation ne les a pas démoralisés, sont de la race des sauveurs, parce qu'ils ont bon cœur ; ils participent de cette admirable disposition des classes populaires, qui les porte à s'oublier, à partager avec plus pauvre que soi le pain quotidien qu'elles gagnent à la sueur de leur front. Lorsqu'à cette bonté naturelle, entretenue par le travail, et à la générosité de leur âge, nos jeunes Parisiens unissent la foi chrétienne qui leur montre des frères dans les misérables, ils deviennent capables de tout en fait de sacrifices, et leurs œuvres originales et touchantes font souvent sourire en donnant envie de pleurer.

Voici *Karl,* par exemple, le gros Karl, qui revient
du régiment aussi bon, aussi gai qu'au départ, avec
ce je ne sais quoi de plus dégagé, de plus décidé
dans l'allure, que laisse le service militaire. Sur son
visage bruni s'épanouit un large sourire, et sa voix,
toujours sonore, a pris un ton de commandement
qu'autorise la dimension croissante de ses moustaches. Cette voix et ces moustaches ne l'empêchent
pas d'obéir à ses parents avec une docilité de petit
enfant. Seulement son obéissance, qui ne venait
naguère que de l'affection, s'est complétée, fortifiée
par l'esprit de discipline. Le fils respectueux, obéis-
sant à sa mère, s'est doublé en lui du soldat exécu-
tant les ordres de son capitaine.

L'impétuosité de son caractère a survécu au
régiment, mais elle s'y est réglée : ce n'est plus
qu'une mousse de champagne qui sort avec fracas
de la bouteille et retombe plus vite qu'elle n'est
montée.

Quand il était petit, cette humeur impatiente
l'eût mené loin, si elle n'avait été réprimée. Par
nature, il eût été de ceux qu'on peut définir en deux
mots : le cœur sur la main, la main sur le visage des
gens qui leur déplaisent. — Grâce à la ferme autorité de sa mère, à l'autorité souveraine du catéchisme, il ne dépassa jamais la première partie de
la formule.

Le cœur sur la main, il l'eut, il l'aura toujours ;
la main sur la figure des gens, il ne l'eut jamais.
Pour ne pas écraser un ver de terre, il se serait

détourné de sa route. La bonté fut toujours et est restée la note dominante de sa vie.

A dix ans, avant même sa première communion, il avait déjà entrepris et poursuivi pendant des mois une œuvre héroïque de dévouement. Tous les jours, vous l'auriez vu escalader de ses petites jambes les cinq étages d'un escalier sombre, ouvrir la porte d'une mansarde et s'installer chez une pauvre vieille dame qu'une sienne tante lui avait léguée, en quittant Paris : « Tu la soigneras tant qu'elle vivra, mon petit Karl ; tu la consoleras, tu l'assisteras dans ses besoins, car elle est bien malheureuse ; enfin tu la traiteras comme si c'était moi-même. Tu me le promets ? — Je vous le promets, ma tante. » Et elle partit tranquille, car elle connaissait le cœur et l'énergie de ce brave petit homme.

Pendant les dix mois que vécut sa vieille protégée, il tint sa parole et au delà. Quand elle était souffrante, il y montait plusieurs fois par jour, en allant à l'école, en en revenant. Il n'arrivait jamais les mains vides, dévalisait pour elle la table et la maison paternelle, sous les yeux de sa bonne mère, qui grondait pour rire et le laissait faire. — L'heure de la maladie suprême arrivée, il courut chercher son confesseur, qui apporta à la mourante, avec les sacrements de l'Eglise, les espérances consolantes de la foi ; et elle rendit l'âme, paisible, souriante entre les bras de l'enfant, après lui avoir fait promettre qu'un prêtre escorterait son corps jusqu'à sa dernière demeure.

Karl n'eut garde d'oublier ce vœu de sa vieille amie. Ses instances et ses larmes obtinrent une voiture de deuil et l'assistance d'un vicaire de la paroisse, qu'il accompagna jusqu'au cimetière. Il fit l'office d'enfant de chœur, répondit au prêtre pendant les prières et les aspersions de la sépulture; et, ce pieux devoir accompli, il s'éloigna le dernier de la fosse où gisait la pauvre morte, après la dernière pelletée de terre jetée sur le cercueil. C'est ainsi que s'acquitta de sa promesse ce petit garçon au grand cœur.

Ce grand cœur ne s'est ni rétréci, ni refroidi avec l'âge. Karl continue à secourir, à consoler les abandonnés, et sa bonté toujours active s'étend aux besoins des âmes, souvent plus abandonnées que les corps.

Regardez ce vieillard étendu sans mouvement et sans voix sur sa couche de douleurs. Karl est près de lui, écoutant ses regards qui suppléent à la langue paralysée. Il entoure de ses tendres soins ce cher parrain, moins chrétien que son filleul; il lui parle de Dieu, élève peu à peu cet esprit et ce cœur vers le ciel longtemps oublié, puis il s'éloigne et revient avec un compagnon dont il lui a proposé et fait agréer la visite, sans le nommer. Cet ami, c'est un prêtre qui sourit au vieillard, lui prend la main et lui parle avec une douce autorité du Dieu de sa première communion.

Sur un signe de l'abbé, Karl sort discrètement de la chambre, et, quand il rentre, il voit à l'expres-

5

sion du mourant que le mystère de miséricorde est accompli. Il y lit l'action de grâces, la joie de la paix retrouvée, l'attente sereine du départ, et bénit Dieu de ce changement.

Mais voilà que les lèvres du vieillard s'agitent, et que dans ses regards se peint comme une prière anxieuse dont Karl cherche à pénétrer le sens. Les yeux du mourant tournés vers le prêtre semblaient lui demander une grâce : « Monsieur l'abbé, s'écrie tout à coup le jeune homme, je comprends, je comprends! il veut vous embrasser. » A ce mot, le visage du vieillard s'illumine ; ses yeux presque éteints se raniment sous le baiser fraternel du ministre de Jésus-Christ, ils se mouillent de larmes. Puis ils se referment en un doux sommeil, bientôt suivi du sommeil de la mort. Le cœur de Karl avait deviné le cœur du vieux pécheur pardonné.

Bénigne n'a pas le génie du grand Bossuet, dont il porte le prénom. Il n'a pas non plus la vivacité de son ami Karl, mais il a sa bonté, et son âme tendre et miséricordieuse semble pénétrée de la bénignité de son nom. Comme la veuve de l'Evangile, il donne de sa pauvreté, et son obole vaut des trésors devant Dieu. Il oublie ses souffrances en pensant aux souffrances des autres. Voyant le Sauveur Jésus dans les malheureux, il se fait leur Simon le Cyrénéen et les aide à porter leur croix, tout en portant bravement la sienne. Il prélève ses aumônes, non sur son superflu absent, mais sur son nécessaire. Pendant plusieurs mois, il s'est réduit à une ombre

de dîner pour en procurer la réalité à une pauvre
veuve et à son enfant, dénués de toute ressource.
Il a fait admettre le petit garçon à l'école des frères,
et, pour le vêtir, s'est improvisé mendiant à la façon
de saint Benoît Labre. Admirable bonté, d'autant
plus touchante qu'elle s'ignore, et qu'il en attribue
tout le mérite et l'honneur à ceux qu'il y associe!
O saint Bénigne, son patron, unissez-vous à saint
Vincent de Paul pour faire descendre du ciel sur ce
jeune ami des pauvres quelques gouttes de consolation et de bonheur terrestre, avant les récompenses
éternelles!

Et maintenant, que dirai-je d'*Edouard Bouchez*,
que je puis bien nommer de son vrai nom, celui-là,
puisqu'il est allé, avant l'heure, jouir de la béatitude
promise aux cœurs purs, aimants et miséricordieux?
Sa tendresse d'âme était telle qu'il aurait vidé la
boutique paternelle si on l'eût laissé faire. Tout passait de ses mains dans celles des mendiants.

Un jour qu'il revenait de visiter la pauvre famille
confiée à ses soins par la conférence de Saint-
Vincent de Paul, sa mère le trouva accoudé sur
une table, la tête dans ses mains. Elle le regarda
étonnée, inquiète, et vit son visage baigné de larmes.
Elle voulut savoir ia cause de ce grand chagrin : il
pleurait, le noble enfant, sur la misère qu'il venait
de contempler et sur son impuissance à la soulager
autrement que par quelques bons de pain.

Son âme était trop tendre et trop pure pour être
laissée dans un monde de misère et de souillure

comme le nôtre. Il ne verse plus de larmes maintenant, l'heureux jeune homme. Ce sont ses parents,
ses amis, ses chers pauvres qui pleurent sur le
départ de celui qui les aimait. Lui, prie pour eux
dans le ciel, et aussi pour tous ces enfants de Paris
au bon et grand cœur, dont il fut un des plus
aimables modèles pendant son rapide passage ici-
bas.

LE PETIT VITRIER

Voyez-vous ces petits soldats, de tenue sombre et d'allure joyeuse, aux épaulettes vertes, au shako pomponné de vert, qui volent en coup de vent, entraînant à leur suite un long ruban de gamins de Paris, comme la comète emporte sa queue de lumière à travers l'espace ?

Sur leur passage, on se presse, on se pousse, on crie : « Ohé ! l'vitrier ! V'là les vitriers qui passent ! » Ce sont les chasseurs à pied, sortis tout armés, comme les zouaves, du sol africain, sous le souffle de deux grands hommes de guerre, le duc d'Aumale et Lamoricière.

Alertes, bien découplés, lestes comme des chats, hardis comme des pages, et avec cela simples comme des enfants, ils sont l'expression vivante et charmante de la souplesse dans la force, de l'entrain militaire et de la gaîté française.

Les vieux de la vieille, ceux d'avant 48, se rappellent, en les voyant filer en tourbillon, ces mobiles de 15 à 18 ans, enfants des rues, transformés subitement par la grâce de leur uniforme en héroïques

soldats, ces petits bouchers de Cavaignac, sobriquet
que la fureur des Rouges leur avait donné ; qui,
dans les sanglantes journées de juin, escaladaient
les barricades en partie de plaisir, électrisaient les
gardes nationaux, culbutaient, enlevaient tout à la
baïonnette, et furent acclamés, pour un jour, défen-
seurs de l'ordre et sauveurs de la France.

Recrutés un peu partout, mais surtout en Bre-
tagne, aux Pyrénées ou poussés sur le pavé de Paris,
les petits vitriers demeurent les préférés de la foule,
les enfants gâtés de l'armée et, dans les revues de
Longchamps, ils sont, avec les saint-cyriens, les
plus ardemment applaudis par le peuple, à cause de
leur crânerie, de leur allure guerrière et de la rapi-
dité de leur marche.

La création des bataillons de chasseurs alpins,
expression suprême de l'agilité et de l'audace qui les
caractérisent, a mis le sceau à leur popularité, et
tous méritent cet éloge du grand duc Nicolas, le
premier homme de guerre de l'armée Russe, embrassant le jeune et brillant général qui organisa les
Alpins et lui disant avec enthousiasme : « Je n'aurais
pas cru qu'on pût obtenir d'une troupe quelconque
en Europe ce que vous avez su obtenir de vos chasseurs. »

Les enfants parisiens, qui adorent le mouvement,
comme les papillons adorent la lumière, les admirent,
les suivent, et se disent, pour se consoler du service
militaire obligatoire : « Quand je serai grand, je
serai chasseur à pied. » Toujours courir, brûler le

pavé, épater les bourgeois, chanter le refrain joyeux
des petits vitriers, suivre le clairon dont les notes
ailées, aiguës et retentissantes comme des cris
d'aigles, les poussent en avant et les soulèvent de
terre, quelle séduisante perspective pour de pauvres
enfants rivés dès l'âge de six ans aux bancs de
l'école, surmenés de travail, puis renfermés du
matin au soir dans l'air épais des ateliers, sous le
gaz des bureaux ou des magasins ! Le passage d'un
bataillon de chasseurs à pied évoque, à leurs yeux
éblouis, le soleil, le grand air, la promenade, la
course folle sur les grandes routes, l'escalade des
montagnes, tous ces bonheurs qui leur manquent et
qu'ils aiment d'autant plus qu'ils leur manquent :
car, en ce triste monde, on ne se passionne guère
que pour ce qu'on n'a pas.

Cette soif de mouvement, d'espace, de campagne,
qui est un des caractères des enfants de Paris, se
trouve et s'exalte surtout chez les jeunes employés
de commerce et de bureau, objet particulier de nos
études, et c'est parmi ces chers et aimables jeunes
gens que j'ai choisi le type suivant, esquissé d'après
nature, comme tous les autres.

Je n'ai pas vu naître mon ami Félix, je ne l'ai pas
connu petit, mais je jurerais qu'il s'agitait déjà
comme du vif-argent dans les bras de sa nourrice,
qu'il marcha avant sa première année révolue, et
qu'à dix-huit mois, au lieu de se traîner à quatre
pattes, il trottait comme une petite souris, dont il
avait les yeux noirs, brillants et mobiles, et la rapide

allure. Bon écolier, studieux en classe, il se montrait le plus ardent au jeu, le plus infatigable dans les récréations. Toujours gai, bon enfant, excellent camarade, il était aimable et aimé de tout le monde. Il avait reçu de Dieu, et après Dieu de sa mère, native de Bourgogne, un don enviable entre tous et de plus en plus rare de nos jours : une nature heureuse.

Il y a des gens qui naissent coiffés... d'un bonnet de nuit, dont les yeux de hibou se ferment au soleil, dont la bouche ne s'ouvre que pour gémir. Dans les roses, ils ne sentent que les épines, et dans la vie que les souffrances. Ils se bouchent le nez devant les parfums, et dilatent leurs narines devant les mauvaises odeurs. On serait tenté de croire qu'il pleut toujours dans leur cerveau, car du matin au soir ils éternuent des sottises et des plaintes. Aussi sont-ils ennuyeux comme la pluie, malheureux comme la pierre, et on les fuit comme la peste.

Félix était l'antipode de ces gens-là. Il respirait la gaîté, et il portait en son cœur généreux, en sa conscience pure, en son âme tendre et chrétienne, un foyer de lumière éclairant de ses rayonnements tout ce qui l'entourait. Prenant les choses du bon côté, il jouissait du soleil quand le ciel était serein, et pendant l'orage il attendait bravement le retour du beau temps. La vie lui souriait, parce qu'il souriait à la vie, et en lui se vérifiait cette loi physique et morale qui veut que le sourire appelle le sourire, comme les larmes appellent les larmes.

Avec l'âge, ces heureuses dispositions ne firent
que s'accroître et s'affermir, et elles prirent dans son
âme la force et le mérite de cette belle et rare vertu
qu'on appelle l'espérance. L'espérance, dans le langage de l'Eglise, signifie la confiance en Dieu, l'acquiescement joyeux à toutes ses volontés, et elle se
traduit par un mot qui est celui de l'allégresse
comme de l'obéissance : Alleluia !

Oui, Félix devenu jeune homme, était bien l'enfant
de l'*Alleluia*. Employé de bureau, comme naguère
écolier, il s'accommodait de tout, se pliait à tout, faisait bon visage à toutes choses et à toutes personnes.
Une bonne poignée de main aux camarades, un
gracieux salut à ses chefs, de bons éclats de rire
dans les heures de récréation et de repos, de bons
baisers à ses sœurs, à ses parents qui lisaient à
livre ouvert dans son esprit et dans son cœur, voilà
le programme de toutes ses journées. Il allait avec
le même entrain, la même simplicité joyeuse, à la
prière, aux exercices du patronage, à la messe, à
la sainte table, à l'adoration du Saint-Sacrement.
Ses matinées du dimanche se passaient douces et
rapides dans ces devoirs, je pourrais dire, dans ces
plaisirs religieux. La part de Dieu ainsi faite, il se
livrait tout entier, le reste de la journée, à sa passion du mouvement.

Il partait avec un intime ami, qui partageait ses
goûts, et le bâton à la main, ils s'élançaient tous
deux hors des fortifications, laissant bien loin der-
rière eux le bois de Boulogne et le bois de Vincennes,

5.

se frayant des chemins au hasard de la découverte dans les plaines, les collines qui avoisinent Paris, franchissant les hauteurs au pas de course, semblables, en leurs enjambées et en leurs élans « à ces animaux légers et bondissants » dont parle Bossuet, après la Bible.

Le soir, ils revenaient couverts de poussière ou de boue, suivant le temps, avec 40 ou 50 kilomètres dans les jambes, fatigués de cette bonne fatigue qui repose, affamés comme des loups, gais comme des pinsons, ayant fait pour toute la semaine provision de grand air, de santé et de bel humeur. Bravo, mes enfants, voilà de la bonne hygiène physique et morale, qui trempe le corps, retrempe l'esprit, et ne laisse dans le cœur que d'heureux souvenirs sans remords. Ces courses vagabondes par champs et par vaux sont aux flaneries sur les boulevards ce qu'est l'eau pure des montagnes à l'eau troublée et souillée de la Seine.

Mais ce n'était pas assez pour Félix et son ami que le mouvement, si sain et si vif qu'il fût, de leurs jambes de dix-huit ans. La bicyclette s'offrait à leur activité avec ses charmes nouveaux, ses horizons illimités, et ils n'eurent de cesse qu'ils ne fussent devenus l'un et l'autre, possesseurs de ce précieux véhicule. A force de travail, d'économies, ils atteignirent ce but ardemment désiré, et bientôt ils passèrent au rang de vélocipédistes émérites. Avec quelle joie, dirigeant cette légère monture et emportés par elle, ils dévoraient l'espace, rivalisant

avec le vol des oiseaux, la course folle des chevaux,
et la locomotive haletante des trains rapides ! Mais
hélas ! la bicyclette dévore le temps comme elle
dévore l'espace, et quand ils rentraient dans Paris le
soir, à la lueur des étoiles, il leur semblait que la
journée n'avait duré qu'une heure.

C'est ainsi que Félix, plus âgé que son ami, atteignit le moment solennel du départ pour l'armée.
L'espoir de faire son service dans un bataillon de
chasseurs à pied colorait pour lui d'une teinte
joyeuse la mélancolie des adieux prochains. Son
heureux naturel le portait à n'envisager que le bon
côté des choses, et, sa résignation chrétienne aidant,
il garda jusqu'au bout son aimable gaieté.

Voici ce qu'il m'écrivait, vers cette époque, en
réponse à une lettre un peu anxieuse où je l'interro-
geais sur son état d'esprit : « Vous me demandez
de vous faire part de mes impressions du moment,
joie ou tristesse. Triste ? pourquoi le serais-je ? pour
quels motifs ? J'ai l'âme tranquille, de la liberté, de
la santé, j'aime ce qu'il est bon d'aimer. Ma foi en
Dieu fait toute ma philosophie ; grâce à elle, je
prends le temps comme il vient, sans aucun souci de
la vie, puisque je suis au milieu d'une famille que
j'adore et qui pourvoit à tout. Pourquoi serais-je triste,
mon Dieu ! Non, ce n'est pas dans mon caractère, je
suis gai, au contraire : la gaieté n'est-elle pas une
qualité essentiellement française, bourguignonne surtout ? De mon futur bataillon, je ne sais encore rien,
j'attends le mois de septembre qui sera l'époque

utile. Le 14 juillet, je l'ai vu défiler, ce cher bataillon, à la revue de Longchamps ; il a une crâne allure tout de même. Cela double mon désir d'en faire partie. »

Il en fit partie, en effet, par une protection spéciale de Dieu, et il quitta sa famille, ses amis, son bonheur de vingt ans, forçant son visage à sourire pour empêcher ses yeux de pleurer. Son cœur disait *Amen* pendant que sa bouche disait *Alleluia*.

Va donc, cher petit soldat, brave petit vitrier ! Puisses-tu ne pas trouver trop de déceptions à la caserne, et rejeter loin de toi toute pensée de découragement ! La chambrée n'est pas la famille, les chefs, quelque bons qu'ils soient, ne sont pas des pères, et les camarades, même les plus aimables, ne remplacent pas les sœurs absentes. Mais on s'habitue à tout quand on est jeune et qu'on travaille. Or, tu travailleras des bras, des jambes, du matin au soir, et l'activité militaire, surtout chez les chasseurs, dévore les heures et les journées mieux encore que la bicyclette. Et puis Paris n'est pas loin et Dieu est partout.

Courage donc, confiance et gaieté ! Garde la santé de ton corps par l'exercice, la santé de ton âme par la prière, et à la caserne comme à la maison paternelle, que le premier et le dernier mot de ta vie soit : *Alleluia !*

LE PAUVRE GEORGES

Georges appartenait à un de nos patronages de Paris. Ancien élève de l'école, il était très aimé des frères et justifiait leur affection par ses charmantes qualités d'esprit et de cœur. Il avait fait une excellente première communion et s'approchait souvent de la sainte table avec une ferveur singulière. Ayant le don naturel d'écrire, il exprimait dans ses lettres ses sentiments de piété, d'amour de Dieu, de repentir, avec des accents parfois admirables.

Jusqu'à l'âge de dix-sept ans, tout alla bien. Les influences délétères de l'atelier troublaient son esprit et son cœur sans altérer sa foi et sans le détourner de la vie chrétienne. Mais il en souffrait, et il nous en exprimait souvent son horreur et son appréhension en des termes saisissants.

Pour les combattre, il s'était fait inscrire dans la société de Saint-Labre, allait avec bonheur aux récollections et même aux retraites d'Athis, et il en revenait chaque fois si fervent, si plein de résolutions généreuses, qu'il semblait désormais au dessus de toutes les atteintes du respect humain et des passions. Malheureusement, sa volonté était faible, et à mesure qu'il avançait en âge, il se sentait de moins en moins fort pour la résistance.

D'excellents amis dans son patronage, de détestables camarades dans son atelier se disputaient son âme, et, pendant quelque temps encore, la voix des anges l'emporta sur celle des démons. Mais cette pauvre âme, tendre et belle à beaucoup d'égards, manquait du ressort qui fait les victorieux. Les signes d'une défaite prochaine vinrent bientôt inquiéter, puis désoler ses amis. Il devenait inexact au patronage, ne paraissait plus aux réunions de Saint-Labre, ni aux pèlerinages d'Athis. Il rentrait plus tard le soir ; ses traits, ses regards, toute sa démarche respiraient la fatigue, l'ennui, le dégoût du bien. Sans fréquenter les honteuses boutiques du vice où se vend l'ignominie, il s'attardait quelquefois en ces lieux malsains où l'on débite des boissons frelatées, des chansons équivoques, et où l'on avale, en riant, le germe de toutes les infirmités du corps et de l'âme.

Bientôt, il abandonna ses amis chrétiens pour se livrer tout entier aux mauvais camarades. Bref, l'occasion fatale, qui se présente pour tous un jour ou l'autre, se présenta pour lui et l'entraîna au fond de l'abîme. Le drame poignant et quotidien d'un *homme à la mer* s'accomplit une fois de plus en ce pauvre enfant de dix-neuf ans, et les larmes de sa mère, déjà plus d'une fois répandues en silence, ne cessèrent plus de couler.

Hélas ! la passion s'était abattue sur un corps peu robuste et qui ne pouvait lui fournir un long aliment. Ses parents, ses amis le lui avaient prédit plus d'une fois. Mais il n'écoutait rien, et il croyait à la durée de la vie comme à la réalité du plaisir. Celui qui trace ces lignes ne s'y trompa point et, en lui défendant de se représenter chez lui, il lui écrivit : « Tu me retrouveras pour te soigner et t'aider à bien mourir, quand la maladie de poitrine t'aura terrassé : ce ne sera pas long. »

Il haussa sans doute les épaules en lisant cette prédiction, et il crut à une menace de Croquemitaine. Or, trois mois plus tard, il était déjà blessé sans remède, et sa vie ne devait pas atteindre le dernier jour de l'année.

Alors commença, pour le pauvre pécheur désolé et pénitent, un long et douloureux purgatoire. Alors il comprit, mais trop tard, que les mauvais plaisirs, si misérables en eux-mêmes, ont des suites cruelles, souvent terribles et incurables.

Oh ! mes pauvres jeunes amis de dix-huit et vingt ans, j'aurais voulu vous amener tous devant ce lit de souffrances, vous faire suivre du regard ce travail incessant, implacable de la maladie, cette expiation quotidienne et toujours croissante de quelques moments d'aberration et de folie. Vous auriez vu ce que c'est que cette chair à laquelle tant de jeunes gens sacrifient tout, ce que c'est que la vanité du plaisir et la terrible réalité de la douleur. Vous auriez vu ces yeux qui se creusaient et s'agrandis-

saient en même temps, ces larmes de regret de la
vie mêlées aux larmes de repentir, ces pauvres
membres qui s'amaigrissaient, ces mains qui deve-
naient diaphanes, toute cette vie de vingt ans qui
s'écoulait de tous côtés, comme l'eau fuit par les
fissures d'un vase fêlé.

Mais vous auriez aussi vu et entendu, dans cette
chambre de malade, des choses admirables et de
consolantes paroles. Comme il se repentait le pauvre
enfant, comme il s'accusait ! Avec quelle humilité il
frappait sa poitrine, rappelait ses fautes, en demandait pardon ! Ah ! le jeune homme chrétien, le disciple de saint Labre reparaissait tout entier dans les
beautés de la pénitence, et, après la leçon de son
châtiment, il donnait la leçon non moins saisissante
de sa résignation.

— Quand je pense, me disait-il un jour où il avait
eu la visite de son cher frère directeur, de son confesseur, de plusieurs de ses amis du patronage, quand
je pense que j'ai quitté tout cela, et vous, et ma
mère, pour ces égoïstes qui m'ont entraîné et qui
m'abandonnent aujourd'hui ! Ceux que j'avais lâchés
sont tous revenus me soigner et me consoler, et
ceux que j'avais suivis dans le chemin du vice m'ont
lâché à mon tour, et me laissent souffrir sans me
donner un signe d'intérêt ou de souvenir ! »

Et ses yeux se remplissaient de larmes, il nous
baisait les mains et il couvrait sa mère de caresses,
comme pour réparer ses froideurs et ses abandons
passés.

En le voyant pleurer de souffrance ou de repentir, la pauvre mère se détournait pour ne pas lui laisser voir qu'elle pleurait elle-même. Un jour que, suffoquant, elle était sortie de la chambre, il nous dit avec un accent impossible à oublier : — « Maman pleure de me voir pleurer : elle a tort. — Pourquoi? mon pauvre enfant. — Pourquoi? Quand je rentrais à deux heures du matin et que je la voyais toute en larmes, je ne pleurais pas, moi ! » Et, la rappelant, il l'accablait de marques de tendresse. Pendant les deux derniers mois de sa maladie, il l'a embrassée et aimée pour de longues années.

La nuit, pour la laisser dormir, il s'imposait les plus durs sacrifices, se privait de boire malgré sa soif ardente, et, quand il était forcé de l'appeler, il ne pouvait s'en consoler.

Il se préoccupait beaucoup aussi de son père, qui, comme tant d'autres, avait abandonné la pratique des sacrements presque au lendemain de sa première communion. Il le suppliait de se convertir, offrait ses souffrances à cette intention, et le jour où le pauvre père, touché de ses prières, consentit à aller se confesser, il nous dit avec un visage radieux : « Maintenant, je remercie Dieu de ma maladie. »

C'était le jour même où, pour pouvoir communier en viatique, il avait accepté avec empressement de recevoir, avant le temps, le sacrement de l'Extrême-Onction.

Trois semaines s'écoulèrent encore avant le terme

de ses souffrances. Un soir enfin, son père lui dit en rentrant : « Je viens de recevoir l'absolution, et je communierai demain matin. » Le visage de Georges s'illumina, il ouvrit ses bras, les passa au cou de son père et de sa mère, et, rapprochant leurs visages, il les réunit dans un embrassement plein de larmes.

Ce devait être sa dernière nuit. Le lendemain matin, quand le père rentra et dit à son cher fils : « C'est fait, j'ai reçu Notre-Seigneur, » les yeux presque éteints du mourant se ranimèrent ; il tressaillit de joie, rassembla ses forces pour embrasser son cher converti, puis il entra en agonie, comme s'il n'eût attendu que ce moment pour mourir. Le frère directeur était là avec deux ou trois jeunes gens du patronage. Georges murmura d'une voix éteinte : « Je m'en vais ; il faut prier pour moi énormément » ; et, inclinant la tête, il rendit son âme à Dieu.

Jeunes gens qui lisez ce simple récit, méditez les leçons qu'il renferme. Restez chrétiens, fidèles à vos patronages, évitez les cafés, les plaisirs publics, les camarades mauvais ou frivoles, et souvenez-vous qu'il s'agit non-seulement de vos âmes, mais de la santé de vos corps, peut-être de votre vie.

CHARITÉ

La charité pousse et fleurit partout où vit la foi, dont l'Église est la gardienne immortelle. Elle n'est le privilège ni d'un peuple, ni d'un temps, ni d'une race, mais on peut dire que nulle part elle ne donne plus de parfums et de fruits que dans notre pauvre vieux pays de France, si catholique, si expansif, si miséricordieux par nature et par tradition, qu'il ne peut rien garder pour lui seul, pas même ses erreurs, et que, lorsqu'il cesse de semer aux quatre coins du monde la vérité rédemptrice de l'Évangile, il y jette à pleine volée la semence funeste de la Révolution.

La charité chrétienne fleurit donc partout en France, à côté de la passion révolutionnaire. Elle couvre Paris, tête et cœur de la nation, mauvaise tête et bon cœur, de ses œuvres, de ses aumônes, de ses fondations, et elle enfante, dans toutes les classes de la population, des prodiges de miséricorde et d'amour.

Les enfants de Paris, dont nous cherchons, dans nos esquisses à faire connaître la vie et à reproduire

la physionomie expressive et mobile, ne marchent
pas les derniers dans cette armée volontaire du
dévouement, et s'ils n'y sont qu'enfants de troupe
par l'âge, ils sont déjà vieux soldats et précoces
héros dans les saintes batailles de la charité.

Depuis l'organisation de la bienfaisance collective
dans la société de Saint-Vincent de Paul, fondée à
Paris par des jeunes gens et répandue dans le monde
entier, c'est par les conférences établies dans chaque
paroisse que s'exerce la miséricorde chrétienne
envers les pauvres. Les membres de chaque conférence se réunissent une fois par semaine, se partagent les familles à visiter, à secourir par des bons
de pain et de chauffage, à consoler par leur abord
aimable, leur tendre sympathie et les espérances de
la religion. Ils se sanctifient en cherchant à sanc-
tifier les malheureux, et reçoivent ainsi plus qu'ils
ne donnent.

Mais c'était trop peu des conférences paroissiales
pour répondre à l'accroissement de la misère, résultat le plus clair des progrès de la civilisation. Peu à
peu, de nouveaux essaims se sont bientôt formés
dans la grande famille de saint Vincent de Paul, et
sous le nom de *Petites Conférences*, on a réuni, dans
chaque société de jeunes gens, depuis les catéchismes
et les patronages jusqu'aux cercles d'étudiants, les
cœurs les plus généreux, les âmes les plus ardentes
à servir Dieu et à se dévouer au prochain. C'est ce
qu'on appelle, dans la langue barbare de ce siècle
scientifique, la spécialisation de la bienfaisance.

Voyons donc ce qui se passe dans les petites conférences de nos chers enfants de Paris, et regardons-les manœuvrer sur le champ sans limite de la misère et de la charité parisienne.

Pour former une petite conférence dans une société de jeunes gens chrétiens, il faut une direction, des secours, et des jeunes gens. La direction est toute trouvée, c'est celle de la Société de Saint-Vincent de Paul, avec son règlement, ses traditions et les conseils paternels de ceux qui la gouvernent. Les secours sont tout trouvés aussi : la Providence, amie des pauvres et de leurs serviteurs volontaires, les leur envoie toujours, dans la mesure nécessaire, tantôt par le curé de la paroisse, tantôt par la conférence paroissiale, tantôt par des bienfaiteurs anonymes ou connus, qui suppléent à l'insuffisance des quêtes hebdomadaires. Quant aux jeunes gens de bonne volonté, *c'est le fond qui manque le moins*, comme dit le bon Lafontaine en parlant du travail. Dans cette généreuse jeunesse de Paris, il y a toujours concours d'amateurs quand il s'agit de se dévouer.

Et pourtant, pour un pauvre jeune homme qui peine et sue toute la semaine dans un atelier, un bureau ou une boutique. qui n'a que le dimanche pour se reposer, goûter les joies de la famille, se dégourdir les jambes, respirer librement le grand air, quel sacrifice de prélever, après la messe, une demi-heure pour la réunion de la conférence, une heure, quand ce n'est pas deux et trois, pour courir chez ses pauvres, s'asseoir à leur triste foyer, écouter leurs doléances, les consoler, les réjouir par de bonnes paroles et de filiales carresses, en un mot s'oublier soi-même au service des membres souffrants de Jésus-Christ ! Que de précieux moments perdus pour le plaisir, la famille, la santé ! Que de rayons de soleil, de gorgées d'air pur, de salutaires promenades, sacrifiés à l'exercice obscur, parfois méconnu, de la charité !

Voilà à quoi s'engagent les jeunes gens des petites conférences, voilà ce qu'ils accomplissent chaque semaine, simplement, joyeusement, infatigablement ; et voilà ce que fait la supériorité morale du pauvre sur le riche, des petits et des humbles sur les grands et les superbes de la terre. Qu'il s'agisse de temps ou d'argent, le riche ne donne presque jamais que de son superflu ; le plus souvent même, il borne sa charité à une légère partie de son superflu ; le pauvre enfant de Saint-Vincent de Paul, lui, donne toujours de son nécessaire. C'est l'obole de la veuve, qui pèse plus dans la balance divine qu'une partie de plaisir sacrifiée ou qu'une poignée de louis donnée par le millionnaire, qui souvent ne les donne pas.

Le proverbe dit : « Si jeunesse savait ! si vieillesse pouvait ! » Je redis avec le proverbe : « Si richesse savait ! » mais je n'ajoute pas : « Si pauvreté pouvait ! » Car la pauvreté peut, et en fait de charité, avec l'aide de Dieu, elle opère des miracles.

Les petites conférences de jeunes gens s'établis-

sent plus facilement dans les quartiers pauvres que
dans les quartiers riches ; elles y sont accueillies
avec plus d'enthousiasme par les membres des
patronages ; elles y font plus de bien avec moins de
ressources, et là, comme partout, on retrouve cette
loi providentielle de la bénédiction et de la fécondité
des œuvres, croissant en proportion inverse de la
richesse de ceux qui les exercent.

Tandis que, dans beaucoup des grandes paroisses
de Paris, les petites conférences sont encore à
fonder, elles se multiplient et s'épanouissent,
comme des poussées de violettes et de marguerites,
dans les paroisses des anciens faubourgs. Belleville
donne la main, par dessus la Seine, à Vaugirard, la
Villette, à la Maison-Blanche, Saint-Ambroise, à
Notre-Dame de la Gare, Saint-Michel des Batignolles, à Saint-Pierre de Montrouge.

Je me hâte d'ajouter pour être juste, que dans les
paroisses riches où on veut bien laisser les jeunes gens
s'organiser en conférences, ils rivalisent de dévouement avec leurs camarades des faubourgs, auxquels
ils ressemblent d'ailleurs par leur très modeste
situation financière et sociale. Ce n'est jamais de ces
chers et braves enfants de Paris que proviennent
les difficultés de fondation. Si on les abandonnait à
eux-mêmes, ils se précipiteraient plutôt tête baissée
dans l'abîme de la charité, comme ces fils de marins
qui se jettent à la mer pour apprendre à nager. La
foi et l'amour réunis opèrent par leurs mains de
tels prodiges que les en détourner semblerait lâcheté

plus que prudence. Folie, soit; mais folie de la croix, c'est-à-dire suprême sagesse.

Veut-on des preuves de cette vérité évangélique? les petites conférences en fournissent par brassées. Dans les quartiers les plus riches en misère, les plus pauvres en richesse, elles n'ont jamais failli à leur sainte mission. Les bons de pain, de chauffage, de bouillon pour les malades ne s'épuisent jamais, et si, parfois, ils venaient à manquer momentanément, le dévouement des jeunes visiteurs, leur réconfortante gaieté, le soleil de leurs sourires et de leur bon cœur suffiraient à la consolation de leurs pauvres vieux et de leurs vieilles abandonnées.

Madame de Maintenon, au temps qu'elle était encore Madame Scarron, nourrissait ses convives de bel esprit et de bons mots, à défauts d'autres mets. Les oreilles grandes ouvertes pour écouter, ils oubliaient d'ouvrir la bouche pour manger. Nos petits Saint-Vincent de Paul feraient de même : à défaut de bons de pain, ils nourriraient leurs clients de leur babil, de leurs chansons, de leurs caresses. N'est-ce rien donner à de malheureux délaissés que de leur rendre l'illusion de leur paternité, de leur maternité détruites, et la douceur perdue des saintes affections? Pour une âme éteinte sous le souffle de l'adversité, se sentir aimée, c'est revivre, et une goutte d'amour est plus douce aux misérables qu'un verre du vin le plus délicieux.

Rien de plus ingénieux et de plus charmant que

les industries de nos jeunes Parisiens pour suppléer aux défaillances de leurs aumônes matérielles. En eux se vérifie le mot de saint Paul : La charité se fait toute à tous. Ici, ils se transforment en portefaix pour épargner à un pauvre vieillard les frais de son déménagement forcé. Là, ils s'improvisent menuisiers pour radouber de vieux meubles ; tapissiers pour retaper d'antiques rideaux à bout de service, pour mastiquer des vitres branlantes ou recoudre les blessures d'un papier pendant en lambeaux sur une muraille délabrée.

Voyez-vous cet enfant de quinze ans qui escalade tous les soirs les cinq étages aboutissant à la mansarde d'une pauvre vieille ? Il vient lui prêter ses yeux pendant une heure pour l'aider à enfiler ses aiguilles et à accroître d'un ou deux sous le gain dérisoire de sa journée de travail.

Et cet élégant jeune homme de vingt ans, tout reluisant dans sa toilette du dimanche, que vient-il faire toutes les semaines chez cette autre bonne vieille dame, déchue à la fois de la fortune et de la santé ? Pourquoi, appuyée sur une canne, l'attend-elle anxieusement sur le pas de sa porte entr'ouverte ? Il a su, le brave enfant de Paris, que sa vieille visitée pleurait de ne pouvoir aller à la messe, faute d'un bras pour suppléer à la faiblesse de ses jambes, et tous les dimanches il s'impose la loi de la venir prendre et de la conduire, à petits pas, comme une grand-mère aimée, à la messe de midi.

Vous faut-il quelque chose d'encore plus fort ?

6

Suivez-moi dans cette chambrette où gémit, dans un fauteuil de cent ans, une pauvre femme presque aussi ancienne que son meuble. De toutes ses dents, il ne lui en reste qu'une, et cette unique fidèle la fait tant souffrir qu'elle aspire à s'en séparer. Elle a confié son désir à son jeune visiteur qui n'a pu que l'exhorter à prendre son mal en patience.

Voilà que sa porte s'ouvre, et qu'apparaît à ses yeux un jeune homme inconnu ; c'est un camarade du visiteur empêché qui l'a prié de le remplacer, pour une fois, près de sa vieille protégée. A l'aspect de ce grand garçon, portant chapeau à haute forme sur la tête et large portefeuille sous le bras, la pauvre femme s'imagine que c'est un dentiste charitablement envoyé par son jeune ami, et, l'interrompant au premier mot, elle le remercie avec effusion, ouvre à deux battants sa bouche dégarnie, et le prie de lui expédier sa dent, et tout de suite. Il s'exclame, s'excuse, veut lui expliquer sa méprise. Elle ne l'écoute pas, le fait taire, et le somme de commencer sa besogne sans barguigner.

A bout de résistance, et ne sachant comment s'en tirer, le jeune homme prend son parti, invoque tout bas saint Vincent de Paul, et se met bravement à l'ouvrage. Les dents ne tiennent guère, dans de vieilles gencives ramollies par les ans, et avec ses doigts, son canif, avec la grâce de Dieu surtout, le praticien improvisé achève vivement et glorieusement l'opération. Transportée de joie, la bonne vieille embrasse son sauveur, qui se laisse faire de la meilleure grâce du monde; et c'est ainsi que la charité de saint Vincent de Paul a fait, pour un jour, d'un enfant de Paris, un dentiste gratuit et obligatoire.

Par ces traits de bonne et joyeuse charité dont nous pourrions allonger la liste à l'infini, on comprend la reconnaissance et l'affection de ces pauvres vieillards pour leurs jeunes visiteurs. Ils les traitent et les aiment comme des petits-fils rendus par Dieu à leurs dernières années, et je retrouve la touchante expression de leurs sentiments dans la parole d'une pauvre octogénaire visitée par un consolateur de seize ans.

Après avoir raconté, pour la dixième fois peut-être, à cet aimable enfant, l'histoire de sa vie, c'est-à-dire de ses courtes joies, de ses longues douleurs, de l'abandon où la vieillesse, la dispersion, l'oubli des siens l'avaient laissée, elle lui dit, en essuyant ses yeux mouillés de larmes : « Maintenant, il ne me reste plus que deux bonheurs en ce monde, vos visites et les *Petites Lectures*. » Les *Petites Lectures* sont une feuille illustrée que la société de Saint-Vincent de Paul rédige, publie et fait distribuer toutes les semaines à ses pauvres par leurs visiteurs.

Quand les jeunes disciples de saint Vincent de Paul visitent des familles chargées d'enfants, ils changent de rôle, et, de filiale, leur charité devient quasi-maternelle. Ils apprennent aux tout petits leurs prières, les lettres de l'alphabet, assaisonnant leurs leçons de quelques douceurs, dragées, pastilles de chocolat, quêtées à leur intention. Aux plus grands, ils font réciter le catéchisme, corrigent leurs devoirs, et s'oublient longtemps en ces charmantes simplicités. Ils quêtent aussi pour eux des chaussures, du linge, des vêtements trop vieux pour les riches, presque trop neufs pour les pauvres. J'en connais qui, un jour, apportèrent triomphalement à leurs petits protégés un choux énorme et de plantureuses carottes ayant figuré la veille dans une pièce de théâtre jouée par eux à leur patronage. Aussi avec quelle joie, quelles caresses ils sont reçus, même quand ils n'apportent que les bons de pain et de chauffage traditionnels ! Ces jours-là, ils remplacent les friandises absentes par des histoires et des inventions drôlatiques, dont les enfants de Paris ne sont jamais dépourvus.

Terminons cette longue nomenclature par deux traits de dévouement encore plus méritoires et vraiment héroïques. Dans une petite conférence de banlieue, un des jeunes visiteurs, touché des larmes de la pauvre mère de famille qu'il assiste, fait admettre la petite fille à l'école des sœurs, et il prélève chaque mois, sur sa petite bourse de petit employé, le montant des frais à payer.

Un autre parvient, non sans peine, à convertir la malheureuse femme qu'il visite, et dont la foi avait sombré dans l'abîme du désespoir. Il l'aide à mourir chrétiennement, console les deux petits enfants de la morte, qu'il accompagne au cimetière. Puis à

force de démarches, de quêtes, de dévouement, il
réunit les secours et les papiers nécessaires pour
renvoyer les pauvres petits abandonnés en Alsace,
leur pays natal. Voilà comment les enfants de Paris
exercent la charité vis-à-vis des pauvres. Voici maintenant comment ils en sont récompensés.

L'amour et la reconnaissance de ceux qu'ils
assistent, le spectacle des heureux qu'ils font avec
un peu de pain assaisonné de beaucoup de dévouement, les bras tendus vers eux des petits enfants
qui les accueillent comme leurs anges gardiens rendus visibles à leurs yeux, voilà leur première récompense. La seconde, c'est l'amour, j'oserai dire la
reconnaissance de Dieu lui-même qui a prononcé
cette parole ineffable, principe de toutes les œuvres
de charité sur la terre : « En vérité, je vous le dis,
ce que vous faites au moindre de ces petits, c'est à
moi que vous l'avez fait. »

Ils le savent, ils le sentent, ces apôtres de dix-
huit et vingt ans, c'est Dieu qui les appelle par la
voix de ses misérables, qui les reçoit dans leurs
mansardes ; c'est lui qu'ils nourrissent, qu'ils réchauf-
fent, qu'ils consolent par leur tendresse de l'abandon et des mépris du monde, et ils vont à toutes ces
douleurs vieilles ou jeunes comme ils vont à la table
sainte. La visite qu'ils reçoivent de Jésus-Christ
dans la communion eucharistique, ils la lui rendent
dans la personne de ses amis privilégiés, et ils pui-
sent dans l'une et l'autre de ces visites rendues les
mêmes grâces d'amour, de force et d'allégresse.

6.

C'est là qu'ils retrempent, qu'ils fortifient leur chasteté contre toutes les tentations de Paris. C'est là qu'ils apprennent à apprécier ce qu'ils ont et à remercier Dieu de ce qu'il leur a donné, au lieu de le maudire et de se désespérer de ce qu'ils n'ont pas. Devant le dénuement absolu des misérables, comme devant les abaissements infinis de Jésus, ils comprennent la vanité de la richesse, la distinction lumineuse de la misère et de la pauvreté. Comment se plaindre de la médiocrité de leur situation personnelle, en face d'un Dieu anéanti sur la croix et dans l'hostie, en face de l'humanité écrasée sous le poids de la misère? Ce double spectacle fait jaillir le *Sursum corda* de leur âme, et y tue l'envie qui dessèche le cœur, qui remplace peu à peu l'amour par la haine, l'horrible envie, plaie mortelle des sociétés en décadence, où la convoitise des biens passagers de la terre naît de l'oubli des espérances éternelles.

Enfin, la bénédiction de Dieu se manifeste sur ces enfants de prédilection par des grâces temporelles qui sont comme des attentions délicates de la Providence. Il ne permet pas que l'épreuve de la misère touche à ces serviteurs volontaires des misérables. Quand, par une maladie, un chômage, un accident de famille ou de fortune, l'ennemie redoutable semble s'avancer, il l'écarte, au moment décisif, par des événements où sa main divine apparaît à qui veut la reconnaître.

Que de fois j'ai vu de ces braves jeunes gens laissés à leur mère et préservés du service militaire, contre toute espérance et sans aucun motif appréciable, comme s'ils étaient fils de républicains haut placés ou de francs-maçons ! Que de secours inattendus, d'emplois avantageux tombant du ciel au moment suprême pour sauver de l'abîme une famille aux abois !

Un jour même, et c'est par là que je finis, la protection divine se manifesta sur un de ces charitables enfants de Paris d'une façon si frappante qu'elle touche au miracle.

C'était le jeune président d'une des petites conférences les plus zélées et les moins riches de la grande ville. Tapissier de profession, il tomba, de la hauteur de cinq étages, dans l'ouverture béante d'un ascenseur inachevé, rencontra en route une barre de fer, rebondit, et vint s'écraser sur le sol avec une horrible violence. Sans connaissance, presque sans forme humaine, on le ramassa comme on put, on l'étendit sur une civière et on le porta à l'hôpital voisin, plus semblable à un mort qu'à un vivant. Les médecins jugèrent qu'il ne passerait pas la nuit. Il avait une cuisse brisée, et le reste du corps ne valait guère mieux ; la tête, les reins, tout avait porté.

Mais où la science humaine est impuissante, la toute-puissante bonté de Dieu agit quand il lui plaît et comme il lui plaît. Il se trouva que, de toutes ces fêlures, de ce brisement, de cette effroyable commotion, il ne resta bientôt plus aucune trace. A peine la fracture de la jambe ressoudée, le blessé sortit de l'hôpital sain et sauf, guéri des pieds à la tête, si complètement guéri qu'il put reprendre sur-le-champ son travail, et que moins de trois mois après, il fut reconnu et déclaré bon pour le service. Nul autour de lui ne douta que sa guérison fût l'œuvre directe de Dieu, obtenue par l'intercession de saint Vincent de Paul ; l'heureux ressuscité en douta moins que personne, et il jura de consacrer désormais au service des pauvres et au salut des âmes sa santé, sa jeunesse, et son existence refaites.

GAVROCHE

Gavroche! C'est tout un poème que ce type sorti d'un seul jet du puissant génie de Victor Hugo. Il est frappant de vérité, en même temps que de contradiction. C'est bien le gamin de Paris, avec ses grandeurs et ses lacunes, avec son esprit prodigieux, sa générosité instinctive, son courage extravagant, à tout oser, tout braver, tout casser, mais avec tout cela, ce n'est pas la nature humaine. Il manque à cette création, comme à toutes celles de ce poète immense et incomplet, la mesure, la proportion entre les effets et les causes, en un mot le sens commun, cette chose rare sans laquelle le génie lui-même ne crée rien de difinitif, et bâtit des monuments gigantesques sur le sable.

Gavroche ne tient pas debout. Il apparaît comme suspendu en l'air, sans passé, sans avenir, sans berceau, sans famille, sans foi, ni espérance, ni amour.

C'est l'enfant du bouge, le nourrisson du pavé des rues, qui a poussé, en mauvaise herbe, au coin d'une borne, n'ayant reçu pour tout baptême que la bouc du ruisseau, pour éducation que le vice, pour exemple que les ignominies scélérates des deux brutes qui l'ont mis au monde.

Au début du roman, son père dévalise les morts et achève les blessés sur le champ de bataille de Waterloo, et il finit par la traite des nègres. Sa mère n'est ni une mère, ni une femme ; c'est une femelle monstrueuse, au-dessous de la louve et de la tigresse, qui du moins aiment et soignent leurs petits.

Voilà l'origine de Gavroche ; c'est de cette fange que sort ce prodige d'esprit, de charité, de dévouement surhumain qui se sacrifie sans savoir à quoi, n'ayant rien appris, rien aimé : c'est le comble de l'absurdité.

Et pourtant, ce Gavroche est vivant ; il émeut, il saisit, parce que le lecteur, suppléant instructivement aux lacunes du poète, met une âme dans cet être inachevé, une lumière dans cet esprit, un amour dans ce cœur, et complète le personnage par les éléments essentiels sans lesquels l'homme ne se conçoit même pas.

Si au lieu de se faire tuer par bravade dans une émeute, Gavroche avait atteint l'âge d'homme, il serait devenu infailliblement un de ces bandits précoces, cambrioleurs, dévaliseurs de villas, qui du vagabondage descendent au vol et du vol à l'assassinat. Il aurait passé des carrières de Montmartre à la correctionnelle, de la correctionnelle aux assises, des assises à l'échafaud.

C'est pour éviter cette progression fatale, cette

gaire horreur, que Victor Hugo l'a fait mourir
une barricade. Gavroche, héros politique, mar-
de l'idée sociale à dix ans, quelle originalité
andiose ! quel coup de génie ! c'est le pendant de
ıy-Blas, Richelieu d'antichambre, devenu en un
n d'œil, de laquais, grand d'Espagne, premier
inistre, politique profond. Voilà comment le plus
onnant de nos poètes contemporains accommode
histoire et la nature humaine.

Ils auront beau dire et beau faire, ces grands
ommes d'esprit et de plume, ils ne viendront
as à bout de changer la loi divine et naturelle,
ussi vieille que le monde, qui fait pousser les rai-
ins sur la vigne, les glands sur le chêne, les pour-
eaux sur le fumier, les vices sur l'oisiveté, les
lécadences sur l'orgueil, et toute la moisson mal-
aisante des crimes sur le matérialisme et l'anarchie
morale.

Le vrai Gavroche, le vrai gamin de Paris dont le
pâle *voyou* n'est que l'ignoble caricature, il existe,
je l'ai rencontré plus d'une fois et je vais essayer
d'esquisser son portrait d'après nature. Ce n'est pas
un individu, mais un type que je cherche à représenter, sauf à en montrer quelques exemplaires
vivants, personnels, avec leurs faiblesses et leurs
grandeurs, leur point de départ et leur point d'arrivée, avec les péripéties de leur jeunesse, leurs
sentiments, leur langage et leurs œuvres.

Le gamin de Paris, tel qu'il m'est apparu sous
des formes diverses, n'est pas né de scélérats ou de

brutes, mais d'honnêtes gens du peuple. Son père
est indifférent, souvent même hostile aux *curés*,
comme la plupart des hommes le sont dans la
classe ouvrière, mais il n'est pas sectaire ; il
laisse baptiser son petit, et permet à sa femme de
l'élever comme elle l'entend jusqu'à la sortie de
l'école. Il ne l'empêcherait même pas de le mettre
chez les frères, si la mère y tenait, et s'il y avait
des frères à côté. Parfois, il pousse la tolérance
jusqu'à le laisser fréquenter le catéchisme et faire
sa première communion.

Il arrive pourtant, et trop souvent hélas, que, soit
par l'hostilité plus active du père, soit par l'indifférence de la mère, le pauvre enfant ne connaît pas
le chemin de l'église, et que son éducation religieuse s'arrête au baptême : heureux quand il
apprend de quelque voisine pieuse à faire le signe de
la croix, à prononcer les noms de Jésus et de Marie,
à balbutier le *Pater* et l'*Ave Maria !*

On conçoit qu'avec un si mince bagage de doctrine et de pratique, le pauvre gamin soit un bien
petit chrétien et qu'il suffise d'un accident, d'un
incident quelconque, pour le jeter dans la voie du
vagabondage et du vice. Je ne parle pas de l'abandon de la mère et de l'enfant par le père, ni, si la
mère vient à mourir, de la fin du foyer et de la
famille, où la femme est tout chez les pauvres gens.
Un chômage, une grève, c'est plus qu'il n'en faut
pour déchaîner la misère, et faire d'un enfant d'ouvrier un enfant de la rue.

Arrivé à ce point, si le malheureux gamin n'est pas recueilli par un orphelinat, par un abbé Roussel, par un parent charitable, s'il n'a pas appris de métier, s'il est sans travail ou trop jeune pour travailler, le voilà réduit à la profession d'ouvreur de portières, de ramasseur de bouts de cigares, de petit camelot, autant de formes variées du vagabondage. Il est sur la pente de l'oisiveté, mère de tous les vices ; il s'abouche presque fatalement avec le *voyou* de naissance, s'enrôle bientôt dans les bandes qui ont les dessous de ponts pour demeure, la mendicité clandestine pour gagne pain ; puis, la faim se mettant de la partie, il en arrive un jour ou l'autre à ces chiperies de pommes, de pruneaux, de pain, que le besoin excuse, mais qui mènent infailliblement au vol.

On peut prédire à coup sûr que si ce Gavroche est né de misérables, comme dans le roman de Victor Hugo, s'il n'a pas été baptisé, s'il n'a reçu de ses parents que des leçons d'infamie, il ne s'arrêtera pas en si beau chemin : c'est un être perdu pour la société, et mûr pour le crime. Mais avec une goutte de sang honnête dans les veines, une goutte d'eau baptismale sur le front, il porte en lui-même le germe du salut, et la divine Providence, d'une façon ou d'une autre, se trouve sur son passage à point nommé pour lui tendre la main et le retenir au bord de l'abîme.

Oui, les enfants de la rue sont guérissables comme les nations, pourvu qu'ils soient baptisés, et

7

à l'appui de cette assertion, je rappellerai ce qui s'est passé en 1871, pendant la commune. Cinq cents jeunes gens de dix-huit à vingt ans, recueillis par l'abbé Roussel dans sa maison d'Auteuil et retrempés dans la foi et dans les sacrements de Jésus-Christ, se trouvaient rejetés sur le pavé de Paris, la plupart sans ouvrage, en ces jours terribles où l'on ne pouvait gagner son pain que dans les bataillons de fédéraux. Or, pas un seul de ces héroïques enfants de Paris ne céda à la tentation de la faim, des excitations fiévreuses, des menaces, et tous refusèrent jusqu'au bout, au péril de leur vie, de se battre contre ces *Versaillais* détestés, dans lesquels ils saluaient les vrais, les seuls soldats de la France.

On avait eu un spectacle du même genre aux journées de juin 1848. Les jeunes vagabonds des faubourgs, accourus au nombre de douze mille à l'appel du général Cavaignac, habillés, armés, disciplinés en quelque semaines, se battirent en véritables héros contre les soldats de la Révolution sociale. Ils étaient tous baptisés : à cette époque, on ne savait pas encore ce que c'est qu'un enfant sans baptême. L'esprit de sacrifice, qui est le fond de l'esprit chrétien leur revint avec l'esprit de discipline, et ils étonnèrent Paris par leur tenue après la victoire, comme par leur intrépidité pendant le combat. Avec tout le peuple parisien, ils défilèrent devant la dépouille mortelle de Mgr Affre, le pontife martyr, exposé à l'archevêché, et le baptême de son sang répandu pour le salut de la patrie, réveilla dans leurs âmes toutes les énergies du baptême originel.

Voilà comment, à plus de vingt ans d'intervalle, l'histoire répondit par deux fois au roman. Le Gavroche du roman mourait sur une barricade parmi les révoltés. Les Gavroches de l'histoire versèrent leur sang en 1848 contre les Rouges, et en 1371, ils refusèrent leurs bras à la Commune.

Enfin, pour que la démonstration soit complète, pendant le siège de Paris par les allemands, les frères du Gavroche de Victor Hugo, les *voyous* sans famille et sans Dieu, enrégimentés par le gouvernement de la défense nationale, se débandèrent devant l'ennemi, non par lâcheté, mais par bravade, par mépris de toute autorité, et ils révoltèrent l'armée par le cynisme de leurs vices et de leur discipline. Ils préludaient ainsi au cri des anarchistes et des socialistes cosmopolites : « A bas la patrie! »

Je reviens à mes Gavroches, à mes chers gamins de Paris baptisés, livrés, avant ou après la première communion, à l'abandon, à l'oisiveté forcée, au vagabondage, mais arrêtés à temps sur la pente fatale par la grâce de leur baptême, par l'action de la Providence, par des mains secourables, leur présentant à la fois les deux remèdes souverains de l'âme et du corps : la religion et le travail. J'en ai connu plusieurs, orphelins, victimes des mêmes abandons et des mêmes égarements, tous sauvés de la même façon, tous revenus à la vérité, à la vertu,

avec enthousiasme, et ravissant leurs sauveurs par
l'humilité de leur repentir, l'élévation de leurs sentiments, la tendresse et l'énergie de leur cœur. Ces
jeunes âmes, longtemps sevrées de foi et d'amour,
se précipitent sur ces aliments divins avec une sorte
de vivacité spirituelle, et s'en nourrissent avec une
insatiable volupté.

L'expérience m'a convaincu que ce qu'il fallut à
ces pauvres abandonnés, petits oiseaux tombés du
nid maternel et se débattant comme ils peuvent au
milieu des boues de la terre, c'est une affection tendre, désintéressée, parconséquent chrétienne. A qui
s'offre à eux, ils se donnent de toute l'ardeur de
leur âge, de toute leur soif d'amour, de toute la
profondeur de leur dénuement. Faites-leur sentir
que vous les aimez, que vous les estimez, malgré
leur indignité apparente : vous ferez d'eux tout ce
que vous voudrez.

Un autre caractère qui leur est commun à tous,
c'est l'esprit, cet esprit parisien, léger, primesautier,
qui voit et juge gens et choses d'un coup d'œil, et
qui trouve toujours, pour s'exprimer, le mot juste
et original. Est-ce parce que cet esprit court les rues
de Paris, qu'ils l'attrappent sans courir après, et
qu'ils le gardent partout où ils vont ? Le fait est que
rien n'est plus amusant et plus curieux que de les
entendre causer, quand ils sont à l'aise et qu'ils
laissent aller leur esprit et leur cœur.

L'un d'eux, après avoir entendu un orateur solennel discourir longuement, me dit à l'oreille, d'un air

naïf, sans avoir l'air d'y toucher : « Ce n'est pas peu
de chose de faire dans sa tête tant de belles phrases
et puis de s'en défaire. »

Un autre, un pauvre enfant que j'aimais et qui
m'aimait fort, me dit une fois avec un regard
suppliant et malin qui me fit sourire : « Je vous en
prie, faites couper de plus près vos cheveux et votre
barbe. — Et pourquoi, mon petit ami ? — C'est
que... tel que ça est... — Eh bien ? — Vous ressem-
blez à M. Chevreul. » Or, M. Chevreul avait alors
102 ou 103 ans.

Je me regardai dans la glace avec inquiétude, et
je trouvai la ressemblance frappante. Mes rares
cheveux et ma barbe ébouriffés, lançant leurs poils
blancs de tous les côtés, me donnaient avec la photographie du vénérable centenaire un air de famille
indéniable. — Je remerciai mon petit conseiller et
je profitai de son observation charitable : depuis ce
jour-là, je veille avec plus de soin sur ce que l'âge
m'a laissé de fourrure.

Ce même garçon de quinze ans, qui avait le don
naturel d'écrire, terminait par cette phrase grâcieuse
une longue et aimable lettre : « J'en ai déjà trop
écrit pour vos yeux, et il est temps de fermer mon
cœur. »

Encore un trait charmant et bien parisien d'un de
ces pauvres enfants, devenu, celui-là, vagabond par
vertu. Sa mère, bonne catholique, lui avait fait jurer
en mourant qu'il n'abandonnerait jamais sa religion,
et pour ne pas trahir son serment, il avait résisté à

toutes les obsessions d'une vieille cousine protestante qui l'avait recueilli. Elle finit par le chasser de chez elle, et si la Providence ne l'avait conduit à la porte de Mgr de Ségur, il serait mort de misère au coin d'une rue. Le saint aveugle lui ouvrit non seulement sa porte, mais ses bras et son cœur. Il le garda plusieurs mois chez lui, l'instruisit, l'embrasa de l'amour de Dieu, puis voyant qu'il était atteint d'une maladie de poitrine sans remède, il le confia à la charité des bons frères de St-Jean de Dieu, rue Oudinot, où il resta jusqu'à sa mort.

Un jour qu'il était seul dans sa chambrette, il vit entrer un monsieur portant serviette, savon, savonnette, rasoir : c'était le barbier de la maison qui s'était trompé de porte. L'enfant de Paris, devinant du premier coup d'œil la méprise, prit la serviette, la mit à son cou, et s'assit gravement sans rien dire. — « Qu'est-ce que tu fais là, gamin ? s'écria le bon homme, revenu de son ahurissement. — Moi, m'sieu, je ne fais rien. J'attends que ma barbe pousse. »

L'humilité de ces jeunes garçons repentis est égale à leur esprit. Bien que, le plus souvent, l'ignorance et la misère leur enlèvent une bonne part de responsabilité dans leurs fautes, ils ne peuvent s'en consoler, ils y reviennent sans cesse en se les exagérant, et ils sont insasiables d'aveux. Par une contradiction qu'explique la lutte de la nature et de la grâce, ils semblent également avides d'estime et de mépris.

Un d'eux, auquel j'expliquais, pour le guérir de

ses scrupules, ce qu'il faut de mauvaise volonté, de connaissance du bien et du mal, pour faire un péché mortel, s'écria avec un accent de joie et de sincérité que je n'oublierai de ma vie : « Mais alors, je n'ai jamais commis un péché mortel ! » Cette assurance ne l'empêcha pas de revenir souvent depuis à ses aveux, à ses larmes, et de parler de lui-même comme d'un misérable — O humilité des petits et orgueil des grands ! petits voleurs d'une bouchée de pain, qui vous frappez la poitrine comme le Publicain ! grands voleurs des millions du riche et de l'épargne du pauvre, Pharisien sans pudeur et sans remords, quel abîme vous sépare ! Quel repentir d'un côté, quel endurcissement de l'autre ! Quelle grandeur morale ici ! là, quel insondable abaissement !

Ces sentiments d'humilité, de mépris de soi-même de tendresse, de reconnaissance envers Dieu et ses serviteurs, apparaissent avec une naïveté touchante dans les lettres d'un de ces pauvres enfants, revenu de ses erreurs et de ses fautes à une véritable piété. En voici quelques extraits dont le style même n'est pas sans saveur.

« ... Je vous demande mille pardons de ma négligence à vous écrire et je vis dans l'espérance que vous me le pardonnerez : si j'ai mérité une punition, je me recommande à vous pour ne pas oublier de me la donner. Je l'accepterai avec un grand plaisir, et je l'offrirai au bon Dieu pour qu'il me pardonne aussi. Donc, n'ayez pas peur de me punir quand je le mériterai... — Rassurez-vous sur ma pauvre personne. Malgré la rigueur de la saison, je ne me porte pas trop mal, si ce n'est mon gros rhume qui ne me quitte ni l'hiver, ni l'été : ça me fatigue tout de même un peu ; dernièrement même, c'était si fort que je pensais que j'allais passer de vie à trépas, mais le bon Dieu n'a pas encore voulu de moi ; il a probablement trouvé que je n'étais pas assez mûr pour le ciel. — Je suis habitué à tousser depuis le temps où je couchais dans un lit en pierre en-dessous le Pont-Neuf.

« Il ne faut pas croire que j'ai oublié mon passé, au temps où j'étais malheureux, où je vivais dans l'ignorance. Non, je ne l'ai pas oublié, et je ne l'oublierai jamais tant que je vivrai ; je ne sais ce que cela veut dire, mais depuis quelques jours, je me sens tenté de revenir sur mon passé et d'examiner ma conscience pour être sûr qu'elle est tranquille. Je me dis que c'est le bon Dieu qui m'inspire cette pensée pour me mettre à l'épreuve, j'ai recours à la prière, et je me sens consolé...

« ...Je ne sais vraiment pas où vous allez chercher de l'amitié pour un pauvre garçon comme moi ; je crois que c'est le bon Dieu qui vous inspire. Chaque fois que je pense à vous, et c'est assez fréquent, car il ne se passe pas un jour que ma pensée ne s'envole vers vous, je songe au moment où, mourant de faim, je me surprenais tendant la main vers un panier de boulanger, ou vers la devanture d'un épicier pour y prendre quelques pruneaux, et je me dis à moi-même en y pensant. « Vois ce que tu as fait là ! Tu le paieras plus cher que cela ne vaut ! » et alors je me mets à pleurer en cachette. C'est principalement quand je monte me coucher que je suis hanté par ces idées là. Enfin, n'en parlons plus : j'y pense assez souvent. »

Après ces effusions si naïves et si vraies de repentir et d'humilité, voici l'expression non moins touchante de sa piété, et de sa reconnaissance envers ceux qu'il appelle ses sauveurs.

« Je ne pourrai jamais assez remercier Dieu de toutes les grâces qu'il m'a envoyées depuis que je le connais, et cette impuissance est mon plus grand malheur... Enfin, rien n'est tel que la vie éternelle et je travaille ferme pour y arriver. — Je ne vous oublie pas dans mes communions et mes prières. Votre nom et celui de mon cher Alexis sont à jamais gravés dans mon cœur. Je vous vois comme le bon Dieu en toute chose ; dans tout ce que je fais, je pense à vous ; enfin vous n'êtes jamais éloignés de ma pensée de l'epaisseur d'un cheveu. Je vous le répète, vous êtes mon sauveur ; sans vous et sans lui, Dieu seul sait où je serais en ce moment. Aussi ma reconnaissance sera éternelle. Je prie tous les jours de plus en plus, et je reste à jamais le serviteur de Dieu. »

Ce sauveur dont il est question, cet Alexis qui, lui aussi, avait traversé un moment l'épreuve du vagabondage, n'est pas moins intéressant à étudier que son ami. — Dans ses actions comme dans ses paroles, on retrouve la charité de Jésus-Christ ;

7.

le gamin de Paris s'était épanoui en apôtre.

Un jour que, chargé d'une commission, il suivait le trottoir d'une rue populaire, il aperçut, à quelques pas devant lui, un garçon qui lui fit ralentir sa marche. C'était un de ces êtres misérables, à moitié vêtu d'habits en lambeaux, traînant avec peine ses jambes couvertes d'une ombre de pantalon fait de pièces et de morceaux, comme une mosaïque ambulante ; la peau du malheureux apparaissait de tous côtés par les trous de cette guenille : des restes de savattes s'accrochaient tant bien que mal à ses pieds. Une tignasse de cheveux ébouriffés entourait sa tête nue d'une broussaille jaune où le peigne et le ciseau n'avaient point passé depuis longtemps. C'était l'image de la misère rebutante, qui écarte la pitié plutôt qu'elle ne l'appelle.

Albéric, qui l'observait de près, le vit allonger la main en passant devant une devanture de fruitier et saisir une pomme qu'il porta vivement à ses lèvres. Au même instant, un individu sortit de la boutique, se précipita sur le vagabond, et, d'un seul geste, lui donna un violent soufflet et lui arracha la pomme de la bouche. — Il essuya le fruit avec sa manche, le replaça soigneusement dans le tas à l'usage des clients, et jeta pour adieu à l'affreux criminel un second coup de poing avec ces mots : « Canaille, va te faire pendre ailleurs. » Puis il rentra dans la boutique avec un air digne et satisfait qui voulait dire : » Je suis la justice, et je suis la bonté. »

Sans s'arrêter à ce Pharisien de la mélasse, Albé-

ric pressa le pas, rejoignit le pauvre garçon qui
s'éloignait la tête basse, et lui dit à l'oreille : « Tu
as donc bien faim? — Oh ! oui, s'écria le misérable,
et il fondit en larmes. » — Le jeune chrétien lui
prit doucement le bras, comme un ami à son ami,
et sans se préoccuper de l'effet produit sur les passants par un tel camarade, il l'accompagna quelque
temps, lui parlant avec une tendre familiarité.
« Pourquoi as-tu pris cette pomme? Il fallait demander du pain chez un boulanger. Il fallait surtout
prier Dieu qui a promis à tous le pain quotidien...
Moi aussi, j'ai eu faim, j'ai été abandonné comme
toi : j'ai été comme toi tenté de prendre la nourri-
ture nécessaire qui m'était refusée. Fais comme moi ;
repens-toi ; laisse-là les fainéants et les propres à
rien. Aie confiance en Dieu, cherche du travail, et
tu en trouveras. »

Tandis qu'il parlait, l'autre pleurait toujours et ne
répondait rien. Tout à coup, une horloge sonna.
Albéric, qui avait oublié l'heure, se frappa le front,
vida sa petite bourse dans la main du vagabond,
l'embrassa et revint à la maison courant, en sueur
et en retard. On lui fit des reproches : il les accepta
sans rien dire. Sa conscience lui en faisait de plus
sensibles.

Dans sa précipitation, le noble jeune homme avait
quitté son protégé sans lui rien demander, sans lui
dire son nom, sans lui donner l'adresse de l'abbé
Roussel, à Auteuil. « Sans mon étourderie, disait-il
les larmes aux yeux, il y serait allé, il serait sauvé ;

c'est par ma faute qu'il reste exposé à la misère et à l'inconduite ». Et dans l'admirable délicatesse de son humilité et de sa charité, il s'accusait presque d'avoir perdu celui qu'il avait si fraternellement secouru.

Il faudrait étaler le trésor de ses lettres pour mettre au jour le trésor de cette âme. Une seule suffira, après ce que nous venons de raconter, pour montrer de quel amour de Dieu était embrasé le cœur de cet enfant abandonné devenu l'enfant privilégié de Jésus-Christ. La tendre affection qu'il m'y témoigne ne m'arrête pas : il n'y faut voir que l'épanchement d'une âme longtemps vide d'amour, et qui se répand de Dieu sur les instruments de sa miséricorde. Quand le divin Sauveur voulut rendre la vue à l'aveugle de Jéricho, c'est avec de la boue qu'il lui toucha les yeux.

Voici la lettre : « C'est à la hâte que je vous envoie ces quelques mots : il est six heures du matin, et il y a quatre ou cinq minutes seulement que je viens de finir mon action de grâces ; c'est-à-dire, qu'en ce moment même, mon Jésus est en entier dans mon cœur où tout brûle pour lui. Je vous embrasse, j'appuie ma tête sur votre cœur, en ce moment chéri où le ciel et son créateur sont descendus si bas ! — Je viens vous dire, en souriant, malgré le sacrifice qui m'est demandé, que je ne pourrai aller vous trouver ce soir à cinq heures : c'est pour cela que je vous envoie tout mon cœur dans ces lignes, ne pouvant moi-même vous le porter. Je suis retenu

)our une soi-disant infraction au règlement, et je
n'incline. Si vous pouviez venir me voir, comme je
serais heureux ! Sinon, que la volonté de Dieu soit
faite ! Prions, prions toujours... »

Voilà ce que le repentir, l'humilité et l'amour de
Dieu peuvent faire de Gavroche.

AUGUSTIN

La vaste église est en toilette de fête. Le maître-
[au]tel resplendit de lumières. De chaque côté, le
[pa]rfum des fleurs, sortant d'un flot de verdure,
[m]onte comme un encens, avec la flamme allongée
[de]s cierges, qui semble attirée en haut. Le tapis
[de]s grands mariages se déroule, en large ruban
[ro]uge, du seuil de la nef à la première marche du
[ch]œur. Midi sonne, les portes monumentales de
[l']église s'ébranlent, roulant sur leurs gonds. Le
[su]isse, superbe sous l'écarlate de son habit et l'or
[de] ses galons, frappe bruyamment le pavé de sa
[can]ne de tambour-major. Le cortège nuptial appa-
[ra]ît, et l'orgue, réveillé comme en sursaut, éclate en
[un]e marche triomphale. Ses mille voix chantent la
[bi]envenue aux heureux mariés, qui s'avancent d'un
[pa]s lent et léger, si rayonnant de jeunesse, de grâce
[et] d'amour, qu'on oublie, en les contemplant, l'éclat
[de]s cierges et celui-même du soleil baignant le
[te]mple de ses ondes lumineuses.

Quelle brillante noce ! Et quelle charmante confu-
[si]on des rangs et des âges ! Les habits noirs, cons-

tellés de décorations, coudoient les robes sévères
et vénérables des frères des Ecoles chrétiennes,
mêlés aux parents et comme eux respirant une
joie paternelle. On voit les fines moustaches, les
barbes blondes ou brunes de nombreux jeunes
gens, à côté d'autres barbes, patriarcales par leur
blancheur cotonneuse, fluviales par leur ondoyante
longueur. La soie brochée des belles toilettes et
l'or des bijoux étincellent, auprès de parures plus
modestes, plus simples, et plus gracieuses par leur
simplicité.

Chut! la cérémonie commence. Quelle égalité,
quelle union des âmes dans le recueillement et la
prière ! Comme tous ces parents, ces amis du monde
ou du sanctuaire, ces invités de toute condition,
assistent pieusement à cette belle fête donnée par
l'amour divin aux plus saintes amours de la terre!
Comme ils boivent l'élégante parole du jeune prêtre
qui rappelle avec émotion les vertus dont il a été le
témoin, les services déjà rendus à l'Eglise et à la
paroisse par cet époux fortuné, qu'il aime comme
un fils et comme un frère !

Après l'évangile, voici la quête traditionnelle pour
les pauvres. Elle est faite par une jeune fille vêtue
de blanc, dont une aimable rougeur colore le visage;
un garçon, plus jeune qu'elle et modeste comme elle,
lui donne la main : à les voir passer dans la grâce
de leur adolescence, on pense au jeune Tobie conduit
par l'ange Raphaël ; mais cette fois, c'est Tobie qui
conduit l'ange.

La messe s'achève, la dernière bénédiction de
l'officiant tombe comme une rosée sur le front
courbé des époux. Ils se relèvent, l'orgue reprend
sa marche nuptiale, et le cortège reformé se dirige
vers la sacristie, où il s'engouffre. Au même instant,
un immense bourdonnement se fait entendre ; le
bruit des voix, des félicitations, des présentations,
les effusions longtemps contenues, succède aux
derniers sons de l'orgue et couvre le joyeux carillon
des cloches.

Laissons tout ce monde qui se connaît et se reconnaît, qui s'appelle, qui s'embrasse, qui s'étouffe et
se congratule dans le joyeux pêle-mêle du défilé.
Sortons de cet encombrement de tendresses et de
curiosités qui s'éternisent autour de ce spectacle
rare et charmant : deux âmes unies jusqu'à l'unité
sous leur couronne nuptiale ; et écoutons ce que les
cloches se disent entre elles dans leur langage
d'airain. Elles nous apprendront sans doute quel est
le héros de cette fête, cet heureux mortel dont le
mariage met tant de monde, tant de pompes, tant de
joies en mouvement.

« Vous devez le connaître, mes sœurs, murmure de
sa voix argentine la plus jeune des habitantes du
clocher, vous qui êtes plus anciennes que moi dans
cette demeure ; c'est sans doute un fils de grand
seigneur ? — Non ! répond la doyenne du clocher,
de sa voix grave et sonore.— Alors, c'est un fils de
gros financier ? — Non ! non ! — C'est peut-être le
fils d'un ambassadeur, d'un grand artiste, d'un

académicien ? — Non ! non ! non ! — Qui donc est-il
alors ? — C'est ce qu'il fallait me demander tout de
suite, ma petite sœur, au lieu de ce bavardage
enfantin. — Tin ! tin ! tin ! fredonne la petite cloche
en écho. — Ce beau marié, je le connais depuis son
baptême : c'est un enfant de la paroisse. La cérémonie fut simple, pieuse, sans tapage, comme il
convient à des gens chrétiens, vivant dans une
modeste aisance. On l'appela Augustin.— Tin ! tin !
tin ! répète la jeune cloche, c'est un joli nom. — Je
laissai tomber de bon cœur sur ce nouveau petit
chrétien une pluie de notes joyeuses et douces,
comme on jette une poignée de dragées aux enfants,
et j'appelai sur lui la bénédiction d'en haut.— Est-ce
tout ? — Non ! non ! non ! petite curieuse. Je sonnai
de nouveau pour lui, et pour beaucoup d'autres, au
jour de sa première communion. Il était charmant,
angélique de piété, en s'avançant à l'autel, et quand
il en revint, on devinait qu'il portait Dieu en lui et
que Dieu le portait. Quand il releva les yeux, son
regard était si profond, si pur, si lumineux, que je
vis le Ciel au fond de son cœur, comme nous le
voyons à travers les ouvertures de notre vieux clocher. »

A ce moment, la porte de la sacristie se rouvrit,
je sortis de la rêverie qui m'avait enlevé un instant
à la réalité, et je retombai du haut du clocher sur la
terre. Les cloches, cessant leur dialogue, se mirent
à carillonner pendant tout le trajet du cortège nuptial, et, dominant les sonorités profondes de l'orgue,

lles versèrent de leur calice d'airain sur les jeunes
mariés un éblouissement de notes joyeuses, digne
bouquet de ce feu d'artifice aérien.

Le cortège acheva de s'écouler, les portes de
l'église se refermèrent, le silence reprit possession
du saint lieu, et je sortis avec un des bons frères,
qui près de moi avait assisté à la cérémonie : comme
moi et plus que moi, il avait vécu dans l'intimité de
cet heureux enfant de Paris, qu'il avait élevé, suivi
jour par jour à l'école, puis au patronage, jusqu'au
grand événement de son mariage. C'est par cet
excellent religieux que j'appris les détails de sa vie,
de ses qualités exquises, des services qu'il avait
rendus à la paroisse, et que je connus l'histoire de
celui dont je connaissais surtout l'esprit et le cœur.

Je compris alors la magnificence de ses noces,
qui dépassait ce que je savais de sa fortune et de la
fortune plus grande de sa jeune femme ; ces fleurs,
ces lumières, ces tapis, cette belle musique de
l'orgue et des cloches, c'était le cadeau de noces du
clergé paroissial, au plus aimable, au plus utile, au
plus dévoué de ses jeunes paroissiens. L'Église
catholique, qui enseigne et commande la reconnaissance à ses enfants, en donne toujours l'exemple en
même temps que le précepte.

On peut dire que, du jour de sa première communion et de sa sortie de l'école jusqu'à celui de son
mariage, Augustin fut le modèle de ses camarades
et la joie de ses maîtres. Toujours le plus exact aux
réunions du patronage, aux messes du dimanche,

aux communions, il était le soutien des nouveaux
venus, des timides, des chétifs ; d'année en année,
son esprit de foi, sa rare intelligence et sa bonté
prenaient des forces et des formes nouvelles.

D'un caractère aimable, enjoué, d'une douceur
inaltérable, il s'attira t et gardait tous les cœurs. Un
ami, un condisciple tombait-il malade, il le visitait,
le consolait, passait ses heures de liberté près de
lui, le soignait avec les tendresses d'une sœur de
Saint-Vincent de Paul. Plus d'un mourut presque
entre ses bras. Il venait prier près de leur dépouille
mortelle, et, dans ces circonstances, sa bonté s'élevait jusqu'aux délicatesses de la plus pure charité.

Epris de l'art sous toutes ses formes élevées, il
employait ses soirées à cultiver son esprit et à
agrandir son cœur par la lecture des grands auteurs
du grand siècle, des poètes et des écrivains chrétiens
de notre temps. Il se plongeait avec délices dans ces
études littéraires, et aimait à associer sa mère à son
enthousiasme, en lui lisant tout haut les plus belles
pages, les plus belles poésies de ses auteurs de
prédilection.

Il ne tarda pas à en faire profiter aussi ses chers
maîtres, ses camarades, sa paroisse même avec son
digne pasteur. Écrivant également bien en vers et
en prose, il mettait sa prose et ses vers au service
de ceux qu'il aimait. Fallait-il, pour une séance
récréative, pour une distribution de prix, quelque
morceau de circonstance, un dialogue d'enfants, une
chansonnette, voire même une pièce de théâtre, il se

ettait à l'œuvre et, au jour fixé, il arrivait avec
article demandé. Comme il composait, il exécutait,
écitant, chantant, jouant avec un égal succès. Le
lergé de la paroisse et les bons chrétiens du quar-
ier, qui le retrouvaient partout, dans toutes les
ccasions solennelles, l'avaient pris en grande
mitié, et l'applaudissaient à qui mieux mieux,
omme leur poète, leur artiste favori.

Un jour, il entreprit et réalisa un véritable tour
le force. Dans son admiration pour le beau drame
le François Coppée *le Pater*, il refit en entier le rôle
e plus important de l'ouvrage, transformant en
eune frère la vieille sœur du prêtre martyr de la
Commune, afin que la pièce pût être représentée sur
e théâtre du patronage. Les vers étaient si natu-
els, si bien frappés, qu'il était impossible de les
listinguer de ceux de Coppée lui-même. Le drame
ainsi modifié, il joua le rôle, composé par lui, avec
une vérité, une passion si saisissantes que l'assistance entière fut soulevée, et je puis affirmer, sans
exagération, que si l'auteur du *Pater* se fût trouvé
là, il eût joint ses applaudissements enthousiastes à
ceux de l'auditoire.

Voilà l'histoire d'Augustin. Récompensé de son
dévouement par un mariage inespéré, qui assure son
bonheur intérieur et lui assure en même temps le
plus brillant avenir, déjà sorti du rang de ces
modestes jeunes gens parmi lesquels il a grandi, il
garde avec eux et avec ses anciens maîtres les plus
cordiales relations. Il met toujours à leur service son

talent, sa plume, sa parole, l'influence de sa situation agrandie. Ses amis du patronage sont restés ses
plus chers amis, et il portera toujours avec une
légitime fierté ses titres d'enfant de Paris et d'ancien
élève des frères.

LES ENNEMIS

Le café, la brasserie, le bal public, les courses ; voilà les grands ennemis du peuple parisien, des enfants de Paris en particulier.

Et comme l'adolescent qui sort de l'enfance pour entrer dans la première virilité est timide, hésitant, retenu dans la pratique religieuse et la sagesse par les conseils de sa mère, par les souvenirs encore vivants de sa première communion, par le cri profond de sa conscience ; comme l'attrait des plaisirs défendus et de l'inconnu est combattu dans son cœur par l'appréhension de ce qu'il trouvera dans ces sensations nouvelles qui s'offrent à lui, de ce qu'il perdra en s'y abandonnant, ce n'est jamais de sa propre volonté qu'il s'y livre ; c'est toujours par un faux ami, par un mauvais camarade qu'il y est entraîné.

La mauvaise camaraderie, voilà donc la source initiale d'où sortent tous les maux. Le mauvais camarade, c'est le démon tentateur qui, sous des formes changeantes, renouvelle dans chaque âme le drame de l'Eden, la séduction d'Ève, la chûte d'Adam, la perte de l'innocence, l'exclusion du paradis terrestre.

Voilà pourquoi le scandale est flétri par Jésus, la douceur infinie, la miséricorde vivante, avec une si terrible énergie. C'est le crime satanique par excellence, qui grave sur le front du pécheur le sceau de la réprobation, le signe de Caïn, meurtrier de son frère. Le Sauveur parle de celui qui scandalise, c'est-à-dire qui corrompt un enfant, comme il parle de Judas : « Il eût mieux valu pour cet homme qu'il ne fût jamais né. — Il vaudrait mieux qu'on attachât au cou de cet homme une meule de pierre et qu'on le jetât dans la profondeur de la mer. »

Malheur donc au scandaleux ! Mais malheur aussi à qui se laisse entraîner par lui dans le Mal ! Sans doute, entre ces deux misérables, il y a toute la distance qui sépare l'assassin de la victime. Mais hélas ! la victime du scandale devient à son tour une cause de scandale pour d'autres ; l'inconduite engendre l'impiété, et les ricochets d'une première faute vont ainsi se multipliant à l'infini sur l'océan des corruptions humaines.

Que j'en ai vu, de ces pauvres enfants, tomber peu à peu, ou d'une chûte subite, foudroyante, des pures sphères de l'honneur et de la vertu, dans les foyers infects du vice et de la honte ! Ces effondrements presque instantanés sont rares et souvent passagers. Une fois le cyclone passé, le soleil reparaît, le sol reverdit, et les ruines toutes récentes se réparent, avec la grâce de Dieu, sous l'action vivifiante de la pénitence. Mais les décadences progressives, sous l'influence secrète de quelques mauvais génie, sont plus fréquentes et plus dangereuses.

Voyez cet adolescent. Son front, hier encore pur et lumineux, se voile de je ne sais quelle ombre, se plisse d'une ride légère qui annonce l'approche de la tempête. Son regard, limpide et franc, s'allanguit et s'assombrit en même temps : il fuit le regard des autres. Ses yeux se creusent, sa bouche s'agite sans parler, comme si elle n'osait révéler les pensées qui lui montent du cœur. Bientôt, sa démarche s'affaisse ; les réunions du patronage, les exercices de piété, les jeux mêmes n'ont plus d'attrait pour lui. Il s'en éloigne peu à peu, délaisse ses meilleurs amis. Encore un pas, et il va disparaître, pour aller où ? pour revenir quand ? Dieu le sait !

Ne demandez pas le mot de l'énigme, il n'y en a qu'un, toujours le même. Un mauvais camarade s'est emparé de son esprit, de son imagination, de son cœur. Le café, le cabaret, la brasserie, lui ont versé leur poison, révélé leurs secrets d'ignominie. C'est un enfant perdu pour le bien, pour le travail, pour la famille, peut être pour la vie. Car une vie de seize ou dix-huit ans offre peu de résistance aux atteintes mortelles de l'intempérance et de la débauche.

Tout délétères qu'ils soient pour la bourse, pour la santé, pour l'âme, le café et le cabaret n'accomplissent pas toujours leur œuvre de destruction jusqu'au bout. L'abus seul en est fatal immédiatement. J'ai même connu des jeunes gens qui, passant de

8

l'usage à l'abus, mais s'arrêtant à ce premier degré de la perdition, ont fini par rebrousser chemin et revenir au nid maternel, l'aile pendante et traînant la patte, comme le pigeon de la fable, mais sans y avoir laissé toutes leurs plumes.

Voici *Gustave,* de bonne famille, de sang catholique, spirituel, instruit, très pieux avant l'âge des moustaches, des passions, et du respect humain. Il a fréquenté des camarades douteux ; avec eux, il a pris l'habitude des sorties du soir, des promenades bruyantes, des stations à l'estaminet, des apéritifs de toute couleur, qui ouvrent peut être l'appétit, mais vident certainement le gousset.

Un mois n'était pas écoulé qu'il avait adopté l'accent, le langage, la tenue des hôtes de ces lieux. Quand il reparaissait au patronage, on riait de ses nouvelles manières. Les mots lui découlaient de la bouche à demi formulés, à la mode de Malakoff ou du Moulin-Rouge. Son chapeau mou sur l'oreille, ses gilets bizarres, ses pantalons aux couleurs voyantes, sa grosse canne à la Robert-Macaire, tout sentait en lui un débraillement moral dont sa mise semblait être l'effet et l'image. S'il eût habité les faubourgs, son nom aurait subi la même décadence. Ses compagnons ne l'auraient plus appelé Gustave, mais *Gugusse* ou l'*Epatant :* surnom bien trouvé, car il n'était encore gâté qu'à la surface, et c'était la manie de l'*épate* plus que le goût du vice qui le poussait à ces extravagances.

Le service militaire survint juste à temps pour

l'arrêter avant la culbute finale, en brisant ses
tristes liaisons, et le recrutement, après l'avoir mis
à nu comme un petit Saint-Jean et rhabillé en soldat, le rétablit d'aplomb sur ses jambes de bon
garçon et de bon chrétien. Après un an de caserne,
de discipline, d'uniforme, sans liberté, sans argent,
sans apéritifs et sans boulevards, il revint au logis,
et dans les bras de sa mère, retapé à neuf des pieds
à la tête et du corps à l'âme.

— Bravo! mon garçon, tu t'en es tiré à bon
compte. Remercie Dieu, et achève de te refaire par
la prière et le travail. *Gugusse* est mort. Vive Gustave! Gustave *for ever!* Mais gare aux rechutes !
Si *Gugusse* ressuscitait, c'en serait fini de Gustave
pour toujours !

Le mot de brasserie qui ne s'appliquait naguère
qu'aux fabriques de bière, a pris de nos jours une
autre signification. A Paris et en d'autres villes, il
caractérise de grands débits de boissons où la bière
domine et où la mauvaise compagnie abonde. Cette
règle est-elle sans exception, je l'ignore. Puisqu'il
y a cafés et cafés, comme il y a fagots et fagots, il
peut y avoir brasserie et brasserie. Mais en général,
la tenue de ces établissements est si déplorable, la
société si débraillée, le langage si scandaleusement
libre, qu'un jeune homme, je ne dis pas chrétien,
mais honnête et de bonnes mœurs, ne peut y mettre
le pied sans s'exposer à se perdre ou du moins à se
compromettre. Dis-moi qui tu hantes, je te dirai qui
tu es,

Le souvenir d'un effondrement de famille, toujours présent à ma pensée, m'a fait prendre en horreur jusqu'à ce nom, jadis si inoffensif et si honnêtement porté, de brasserie.

Guillaume était un brave et solide garçon, de bonne vie, de bonne compagnie, très exact à son patronage, très aimé de ses camarades. Il avait traversé indemne le service militaire, et son avenir paraissait assuré par un emploi avantageux dans une grande administration. Fils unique, il était l'orgueil et l'espérance de ses parents. Le temps semblait établi au beau fixe dans cet heureux intérieur ; rien ne présageait l'orage.

L'orage éclata cependant, à l'improviste, par un coup de tonnerre. Les amis de Guillaume remarquaient bien depuis quelque temps un changement dans ses manières, dans son abord, ses paroles brèves, ses regards inquiets et sombres. Sa présence à la société devenait de plus en plus rare. Bref, il y avait quelque chose dans l'air : peut-être un mariage désiré qui ne s'arrangeait pas, peut-être un ennui de carrière, un avancement attendu et injustement refusé.

Un beau jour, le bruit se répandit qu'il y avait des discussions, des larmes dans la famille de Guillaume. On parlait tout bas de scènes violentes, d'emploi perdu, de séparation... ces rumeurs étaient encore au dessous de la réalité.

Le malheureux jeune homme, entraîné sans doute par quelque camarade de régiment de passage à

Paris, avait franchi le seuil d'une brasserie mal fré-
quentée, y était retourné, y avait pris des habitudes
de mauvaise compagnie, de boisson, de folles dépenses. Peu à peu l'engrenage maudit l'avait saisi, attiré
dans son étreinte de fer et de feu; rien n'y avait
échappé. Au bout de quelques mois, quand il revint
à lui, il se retrouva dépouillé, broyé, sans argent,
sans place, sans espérance. Son présent, son avenir,
ses économies dévorées par le paiement de ses
dettes, tout était anéanti, englouti sans retour.

Il partit pour l'étranger, repentant, pardonné,
désireux de réparer les ruines qu'il avait faites, laissant sa famille appauvrie et désespérée. Qu'est-il
devenu? Je l'ignore; jamais, depuis ce jour fatal et
déjà lointain, je n'ai entendu prononcer son nom...
Mais jamais non plus je n'ai perdu le souvenir de
cette catastrophe, et je vais répétant sans cesse à
mes jeunes amis, à mes chers enfants de Paris,
quand je les vois tentés de quelque curiosité malsaine : « Pauvres petits, souvenez-vous de Guillaume, et ne prenez pas le même chemin que lui, si
vous ne voulez pas arriver à l'abîme comme lui! »

Après Guillaume, *Paul.* Celui-là, aimable et pieux
jeune homme de dix-huit ans, s'est perdu par le bal
public. Quand je l'entendais s'exalter en parlant de
la danse, du plaisir qu'il y goûtait, de la prétendue
innocence de cet exercice tournant, trémoussant et
gigotant, je secouais la tête, et je pensais à ce vers
de Victor Hugo sur une jeune fille morte des suites
d'un bal :

8.

« Elle aimait trop le bal; c'est ce qui l'a tuée! »

Oui, Paul aimait trop le bal, non pas ces petites
soirées dansantes chez des amis, sauteries inoffen-
sives sous les yeux des parents; non pas même les
grandes cohues de l'Hôtel-de-Ville, où l'on peut
aller une fois ou deux en passant, comme à un feu
d'artifice, avec des amis sûrs; ni ces rondes et ces
contredanses que, dans les quartiers populaires, les
jeunes gens et les jeunes filles mènent entre eux, le
14 Juillet, devant leur maison, au milieu des gam-
bades et des cris de joie des enfants.

Le bal qui tue l'âme, en attendant le corps, c'est
le bal public, où l'on va sans autre billet d'invitation qu'une affiche et une pièce de dix sous, où
les mères sont absentes, où la gaieté est malsaine,
où l'on se grise de tournoiements insensés, de
rafraîchissements frelatés, d'éclats de rire déshon-
nêtes, où la danse n'est qu'une agitation désor-
donnée, une sorte de folie en commun, entre jeunes
gens qui ne se connaissaient pas en entrant, et qui
se connaissent trop en sortant.

Ces bals-là, qui foisonnent dans Paris, surtout
dans les quartiers excentriques, sont un des pires
fléaux de la jeunesse, et quiconque les fréquente
est sûr d'y laisser en peu de temps son bon sens,
son bon cœur, sa bourse et sa santé.

Le pauvre Paul dont je parle en fit, après tant
d'autres, la douloureuse expérience. Il y trouva, il y
perdit ce qu'on y trouve, ce qu'on y perd toujours;

et comme la jeune fille de Victor Hugo, il mourut d'avoir trop aimé le bal. Il n'y prit point, comme elle, un refroidissement mortel, mais il y prit l'amour des plaisirs mauvais, le dégoût du foyer maternel, du travail, de la vie sérieuse, de tout ce qu'il avait aimé jusque-là ; et il mena une existence si joyeuse, si follement amusante, qu'au bout d'un an, il en mourut d'ennui, de lassitude, de mépris de lui-même, du regret des vrais biens perdus.

Sa mort, chrétienne et pénitente jusqu'à l'édification, racheta ses égarements passagers, et son exemple dit aux jeunes gens qui veulent rester plus sages et plus heureux que lui : « Fuyez le bal public comme la peste ; c'est le vestibule de tous les vices et de toutes les déchéances. »

Quant aux courses, elles ne présentent en elles-mêmes aucun danger, sinon pour les jockeys qui risquent de se casser le cou en franchissant les obstacles, et pour les braves bourgeois qui se laissent serrer de trop près par les pick-pockets. Elles offrent même un but de promenade agréable aux jeunes gens qui éprouvent le besoin de se délier les jambes au soleil et de boire l'air pur de la liberté, après six jours de bureau, d'écriture sous le gaz, d'alignement de chiffres sur un livre de caisse, de déploiement d'étoffes et autres agréments du même genre, dans l'humilité d'une boutique ou la gloire insolente d'un grand magasin.

Suivre de l'œil sur la piste du champ de course des chevaux maigres et rapides, montés par des

jockeys aussi maigres et aussi intelligents que leurs
bêtes, n'est-ce pas un spectacle enchanteur, digne
d'un peuple libre et spirituel comme le peuple
parisien ?

Mais la civilisation qui gâte d'une main ce qu'elle
embellit de l'autre, a gâté ces courses charmantes
par le *pari mutuel*, et, d'un divertissement honnête,
elle a fait un scandale et un danger. Comme un
mets délicieux devient mortel quand on l'assaisonne
à l'arsenic, les courses assaisonnées au pari mutuel
se sont changées en des engins de destruction et de
ruine.

Au moment de son éclosion, ce jeu de hasard
prit des proportions si foudroyantes, qu'en un clin
d'œil, Paris se vit transformé en un immense tripot.
On pariait avec frénésie à tous les coins de rues,
dans tous les cabarets, sur les trottoirs, sur les
places publiques. C'était une *bourse* en plein vent
dont les boockmackers allumaient et activaient les
fureurs. Jeunes gens et vieillards, femmes, filles,
garçons, enfants mêmes, tout le monde se préci-
pitait dans cette folie nouvelle ; et, pendant quelque
temps, on put dire des Parisiens ce que Lafontaine
a dit des animaux malades de la peste : « Ils ne
mouraient pas tous, mais tous étaient frappés. »
Puis, l'épidémie s'affaiblit, décrut et disparut, non
sans laisser, comme toutes les épidémies, des traces
ineffaçables, avec retours offensifs, dans Paris
ravagé. Elle conserva même un foyer toujours
vivant, toujours intense et toujours mortel, dans

l'enceinte des champs de courses et sur les vastes terrains qui l'avoisinent. Là, le pari mutuel sévit à perpétuité et fait, à chaque course nouvelle, des centaines de victimes.

Une dernière histoire, douloureuse et vraie comme les précédentes, en fera toucher du doigt les périls et les conséquences désastreuses.

Jean, grand garcon, aux yeux bleus, aux cheveux blonds comme les blés, aux joues colorées comme une jeune fille de la Normandie ou de la Flandre, avait gardé, en grandissant, les grâces de l'innocence, de la sagesse et de la gaieté. Son entrain amusait tout le monde autour de lui, et dans les promenades du patronage aux environs de Paris, il charmait ses camarades par ses bonds de cheval échappé, ses courses folles à travers champs et les poussées de sève généreuse et saine qui lui sortait par tous les pores. C'était plaisir de le voir croître et s'épanouir comme une belle plante, à la tige droite, aux feuilles vigoureuses, qui promet des fleurs odorantes et des fruits savoureux.

Déjà la récolte était prochaine. La virilité s'annonçait en lui par l'accentuation des traits, la fermeté de l'expression, le goût du travail et l'aptitude aux choses du commerce.

Enfant gâté de ses patrons, ses appointements progressaient à vue d'œil, comme la barbe naissante qui dorait d'un léger duvet son menton et ses joues.

Un compagnon de promenade mal choisi, une après-midi passée aux courses de Longchamps, suffirent pour renverser comme un château de cartes cet échafaudage de travail, de sagesse et de bonheur. Il avait parié, gagné, rapporté cinquante ou soixante francs de cette équipée. Cette misérable étincelle alluma dans ses veines la passion du jeu, qui, du premier coup, l'envahit corps et âme, consumant tout, souvenirs du passé, joies et tendresses du présent, espérances de l'avenir.

De ce jour, le pauvre enfant appartint au pari mutuel. Pour s'y livrer plus librement, il jeta au vent son emploi, ses patrons, ses amis, ne connaissant plus d'autre patrie que le champ de course, d'autre société que les parieurs désœuvrés, d'autre préoccupation que de s'enrichir par les calculs et les chances de ce jeu stupide et dévorant, qu'aucune loi, aucune mesure de police n'avaient encore endiguée. Il y perdit tout, et en sortit sans emploi, sans ami, sans autre fortune que des dettes, sans autre espérance que le désespoir.

La foi, survivant en son cœur, l'empêcha de se jeter à l'eau, et, par un bon mouvement qui le sauva dans le présent et devait lui refaire un avenir, il s'engagea dans un régiment de marine qui partait pour les colonies.

Dieu permit que la discipline, l'esprit de sacrifice, les souffrances de l'exil, de la maladie, du sang versé pour la patrie sur les champs de bataille lointains, guérissent cette âme blessée, en lui refaisant peu à peu une virginité de repentir et de vertu chrétienne; à son retour d'Afrique sa famille consolée reçut à bras ouverts ce nouvel enfant prodigue, rapportant des pays africains, comme gage de sa régénération morale, une médaille sur sa poitrine et de brillants galons sur les manches de sa tunique.

Malgré l'heureuse issue de sa funeste aventure, et l'espérance d'une carrière honorable dans l'armée, le récit de son désastre servira d'épouvantail aux moineaux parisiens, peuple hardi, gourmand et léger, qui seraient tentés de goûter au fruit défendu des Courses et du pari mutuel.

LE SURMENAGE

Le surmenage intellectuel et physique est une des grandes erreurs, des grandes misères de notre fin de siècle. On accable les enfants, principalement dans les écoles primaires, d'études soi-disant scientifiques, aussi multipliées qu'inutiles, aussi ridicules qu'odieuses, et à force de vouloir faire d'eux des savants, on risque d'en faire des anémiques et des avortons, quand on n'en fait pas des morts.

Le mal ne se renferme pas dans l'école ; après l'enfance, il s'attache à la jeunesse et sévit avec une intensité spéciale sur les employés de bureau et de commerce. Le grand tort de certains chefs ou patrons peu chrétiens, je dirais leur grand crime si je ne savais qu'ils n'ont pas conscience de ce qu'ils font, c'est de surcharger ces jeunes gens au delà de toute justice et de toute humanité, soit par les travaux supplémentaires de jour et de nuit, soit par le travail du dimanche.

Ce funeste et odieux travail du dimanche, qui viole la loi même de la vie humaine aussi bien que la loi de Dieu, il faut en parler sans cesse au sujet des

9

jeunes employés et commis, parce qu'ils en souffrent plus cruellement que les autres. A l'âge de l'adolescence, de la formation morale et physique de l'homme, à cet âge de transition qui décide de sa santé, de son esprit, de sa vie, et qui coïncide avec son entrée dans le magasin ou le bureau, le repos du dimanche a une importance souveraine. Pour nous en convaincre, examinons comment les choses se passent. On reconnaîtra qu'entre les jeunes employés qui ne travaillent pas et ceux qui travaillent le dimanche, il y a toute la distance qui sépare l'homme libre de l'esclave.

Les premiers se lèvent tard le matin de ce beau jour, première jouissance délicieuse quand on n'a pas vingt ans et que, tous les jours de la semaine, il faut être sur pied dès six heures, hiver comme été, pour courir, quelque temps qu'il fasse, au magasin ou au bureau, quelquefois à l'autre bout de Paris. Ils savourent, ces pauvres enfants, les douceurs prolongées du demi-sommeil du matin, suivi d'un lever tranquille, et d'une toilette à fond, sans économie d'eau ni de temps, toilette recherchée, reluisante, qui fait d'eux des petits messieurs pour toute la journée : une fois par semaine, ce n'est pas excessif. La toilette achevée, l'épingle dorée coquettement posée sur la cravate de soie claire, au lieu de s'enfuir avant l'aurore, comme les jours ouvriers, on s'attarde avec délices aux joies du foyer. On bavarde avec ses parents, on consulte sa grande sœur, on fait causer son petit frère, enfin, on s'abandonne au charme d'aimer et d'être aimé.

Puis, on part pour la messe du patronage, où l'on retrouve de bons camarades, de vrais amis, le cher frère qui vous a élevé, le prêtre de la première confession et de la première communion. Après la messe, on entend une courte instruction, causerie aimable et familière, qui tient lieu du catéchisme de persévérance, et l'on s'oublie dans le préau à causer avec ses amis des incidents de la semaine. Voilà pour la matinée, où la famille, l'amitié et le bon Dieu ont leur part : part bien modeste pour le bon Dieu, mais suffisante, avec la prière du matin et du soir, pour donner à ces pauvres enfants de Paris la force de résister, d'un dimanche à l'autre, aux mille tentations du dedans et du dehors.

Au sortir du patronage, on prend son repas de midi en famille, régal exquis pour l'estomac et pour le cœur, après six jours de déjeuners froids, secs et solitaires. Entre le déjeuner et le souper qui achève gaiement cette journée bénie, l'après-midi est consacrée soit à quelque promenade avec ses parents, soit, par le beau temps, à de longues excursions hors Paris, avec quelques amis du patronage près desquels on a prié le matin.

Les excursions du dimanche, à pied, chères aux jeunes employés parisiens, sont la sauvegarde la plus sûre de leur santé et de leurs mœurs. Ils arrivent à faire sans fatigue vingt, trente kilomètres et plus dans leur journée, exerçant leurs muscles, étendant leurs nerfs, retrempant leurs idées dans

le contact de la nature, respirant à pleins poumons
l'air de la campagne, « ce bon air que le bon Dieu a
fait », comme disait Napoléon à Sainte-Hélène, et
savourant à plein cœur la joie de vivre.

C'est par cette série de plaisirs et d'exercices que
le dimanche est pour ces heureux jeunes gens la
santé du corps, la lumière de l'esprit, le relèvement
du cœur, en un mot, la bénédiction de la vie.

En revanche, il se change, pour ceux qui en sont
privés, en un véritable supplice : supplice de voir, à
travers les barreaux de leur prison, la multitude des
libérés qui passent, qui chantent, qui courent à
l'église, aux gares de chemins de fer, à l'infinie
variété des distractions et des plaisirs du dimanche.
Entrevoir le ciel bleu, le soleil qui rit là-haut, et
rester dans la lumière maussade du gaz ; respirer, au
lieu du grand air, l'atmosphère épaisse et malsaine
du magasin et surtout du bureau ; demeurer toujours
rivés à leur rond de cuir ou debout à leur comptoir,
écrivant, disant, faisant les mêmes choses, en un
mot, remplir sans cesse, comme les Danaïdes, le
tonneau éternellement vide de leurs journées ; supplice du corps qui s'étiole, de l'esprit qui s'affaisse,
du cœur qui se resserre ; supplice inénarrable de la
monotonie. Voilà ce que devient le dimanche pour
les pauvres jeunes gens que l'indifférence ou l'avi-
dité de leurs chefs condamne au travail forcé à perpétuité.

Hâtons-nous de dire que ce tableau du travail du
dimanche n'est vrai qu'exceptionnellement, par-

qu'il suppose le travail absolu, sans relâche, sans adoucissement, sans interruption, ce qui heureusement est très rare. Chacun des traits qui le composent est réel, et c'est pourquoi nous les avons réunis mais leur réunion ne se rencontre que là où les chefs sont sans religion, sans justice, sans cœur, ce qui n'existe presque nulle part dans notre France restée encore imprégnée de christianisme, même sans le savoir.

Le jour, prochain peut-être si la franc-maçonnerie régnante garde le pouvoir, où la foi chrétienne aurait disparu de chez nous, emportant avec elle les mœurs et les vertus d'un peuple baptisé, alors notre tableau deviendrait partout une désolante réalité, et les relations des chefs et des subordonnés se réduiraient bien vite à ces trois termes : égoïsme, mépris et haine mutuels, fruits empoisonnés de l'athéisme, engendrant la corruption générale, la guerre implacable des classes et la ruine de la société.

Nous n'ajouterons qu'un mot au sujet des veillées extraordinaires, des heures supplémentaires, proposées c'est-à-dire imposées, en trop de maisons financières ou commerciales, aux employés des deux sexes. Quand cet abus, qui pour être tolérable ne devrait être qu'absolument exceptionnel et étroitement limité, vient s'ajouter au travail du dimanche, alors la situation des employés devient un véritable esclavage et appelle toute la réprobation des chrétiens et des honnêtes gens.

Elle devrait appeler aussi l'intervention de la loi

si, en pareille matière, cette intervention n'était le plus souvent irréalisable. A part les grands magasins, véritables cités commerciales, qu'on pourrait à la rigueur soumettre à certaines restrictions et inspections légales, à l'instar des grands ateliers, des manufactures et des mines, l'Etat ne saurait limiter la durée du travail dans les magasins de detail, dans les simples maisons de banque, dans les boutiques de toute catégorie, sans empiéter sur la vie privée et violer, sous prétexte d'inspection, la liberté et le domicile de milliers de citoyens.

C'est donc de la conscience des maîtres, quels qu'ils soient, que dépendent la condition, la santé, la vie même des jeunes employés et des serviteurs qu'ils occupent. Et c'est à la conscience publique, spécialement à celle des chrétiens, administrateurs, publicistes, journalistes, hommes d'œuvre, hommes d'action, de suppléer par un contrôle volontaire et incessant aux défaillances des consciences financières et commerciales, qu'aveuglent l'amour du gain et la passion des affaires. A côté de la police paternelle des mœurs organisée pour suppléer à l'inertie de la police officielle et purger les rues des ordures morales qui empoisonnent la jeunesse, que les honnêtes gens et les chrétiens organisent une police du magasin, du bureau, de la boutique, police de contrôle, d'enquêtes, de démarches personnelles, de protestations publiques, pour la protection des employés de bureau et de commerce : ils rendront ainsi un vrai service social, s'assureront la recon-

naissance d'un peuple de jeunes gens dignes de toute
sympathie par leurs qualités d'esprit et de cœur,
leur amour du travail, leur condition pécuniaire et
dépendante, et par les difficultés souvent doulou-
reuses de leur existence.

L'excès du travail par la violation du dimanche et
par les veillées extraordinaires n'a pas seulement
pour résultat l'affaiblissement de la santé et le
désenchantement de la vie chez les pauvres jeunes
gens qui y sont condamnés : il porte aussi une
atteinte trop souvent fatale à leurs mœurs. Comment
supposer qu'un jeune employé de 18 ou 20 ans, privé
des joies de la famille, des douceurs de l'amitié, des
enseignements et des consolations de la religion,
puisse garder la paix de son âme, ses habitudes de
piété, sa tendresse première pour ses camarades
d'enfance, pour ses sœurs, pour ses parents, et jusqu'à cette élévation d'esprit et de sentiment qui ne
peuvent se passer de culture, de rosée, de soleil et
de grand air, et qui s'évanouissent tôt ou tard dans
la fatigue physique et l'abrutissement moral d'un
labeur ininterrompu ? L'homme ne peut se passer
de distractions, surtout à vingt ans, et les plaisirs
fortifiants et légitimes du dimanche venant à lui
manquer, le frein de la religion ne le retenant plus,
l'énervement même d'un travail excessif ajoutant
une excitation factice au feu des passions, il se jette,
dès qu'il est libre, sur les plaisirs violents qui

s'offrent à lui sous toutes les formes : les sens l'emportent sur la raison, et il s'établit, de son corps à son âme, un flux et un reflux d'influences morbides, qui ruinent l'un et l'autre et atteignent parfois les sources mêmes de la vie.

Je pourrais citer bien des faits douloureux à l'appui de cette affirmation : un seul, particulièrement touchant, suffira.

J'ai connu un jeune homme qui, depuis sa sortie de l'école jusqu'à l'âge de dix-sept ans, était resté un modèle de sagesse, un ange de piété. Ses camarades du patronage l'aimaient et l'estimaient ; aussi humble que pieux, il allait cacher ses communions de la semaine dans l'ombre de quelque chapelle, où il faisait l'édification de ceux qui l'y rencontraient. Des circonstances de famille l'obligèrent d'accepter un emploi de commis d'écritures dans une grande maison de commerce, où on lui offrait, avec un traitement avantageux, le vivre et le couvert. Depuis ce jour, il ne parut plus au patronage : ses patrons ne voulaient pas de dimanche pour leurs employés, sinon pour eux-mêmes. C'était chez eux un principe commercial qu'il fallait travailler sans désemparer les sept jours de la semaine. Le pauvre enfant avait dû subir cette loi barbare : il en subit aussi les désastreuses conséquences. L'âme, le corps, la santé, la gaieté, tout s'en ressentit, et quand je le revis, deux ans plus tard, dans une salle d'hôpital, son visage toujours beau, mais pâle et dévasté, portait les traces d'une invincible tristesse.

Pauvre Pierre ! C'était pourtant une âme belle et naturellement élevée, faite pour les joies pures de l'esprit, du cœur, de la foi, et qui se mourait de leur absence. — Alors qu'au pied de son lit d'hôpital je m'entretenais avec lui, il me racontait en soupirant son existence monotone au bureau, ses travaux, ses peines. Il n'avait de fiel contre personne, parlait de ses camarades avec affection, de ses patrons eux-mêmes avec respect. Il rendait justice à leur bien-veillance, à leur politesse, mais il se plaignait amère-ment de la servitude du dimanche, de la fatigue de ce travail perpétuel, de la douleur que lui causait sa mise hors la loi religieuse.

Dans les premiers temps, son chagrin, ses remords de manquer la messe le dimanche étaient si poignants qu'il y pensait toute la nuit d'avant et d'après, et qu'il en perdait le sommeil. Puis, il s'y était habitué, comme un esclave s'habitue à sa chaîne, et il avait fini par s'ensevelir dans le repos mortel de l'indifférence.

Des travaux extraordinaires de fin d'année venant ajouter au fardeau de son labeur quotidien le poids de longues veilles, avaient achevé de le réduire à un état d'anémie inquiétant : la vigueur du corps s'était en allée avec la paix de la conscience. Une mau-vaise toux survint, bientôt suivie de crachements de sang. Un mois après, le malheureux jeune homme se voyait obligé de cesser tout travail ; sa poitrine était atteinte irrémédiablement.

Il languit quelques semaines, visité, encouragé,

9.

consolé par ses collègues du bureau. Quant à ses patrons, il ne reçut rien d'eux, pas une visite, pas un mot de sympathie, pas un signe de vie : cet abandon lui fut très sensible. Je ne me souviens pas de l'avoir vu sourire une seule fois pendant sa maladie : la source de la joie était tarie dans son âme. Pourtant sa mort fut douce, parce qu'elle fut chrétienne. Il ne voulut pas attendre la semaine sainte, qui approchait, pour demander les derniers sacrements ; il les reçut avec une grande piété, et s'endormit dans la paix du Seigneur, sans un regret de quitter la vie.

Voilà ce qui s'est passé sous mes yeux, et ce qui arrive trop souvent dans le monde du travail. N'ai-je pas le droit et le devoir de dire que les patrons de ce malheureux jeune homme n'ont pas rempli leur devoir à son égard, qu'ils sont pour une grande part responsables de sa maladie et de sa mort, et que, soit par esprit de lucre, soit par indifférence et égoïsme, ils ont manqué dans leurs relations avec lui aux devoirs les plus élémentaires de la justice et de l'humanité ?

Peut-être s'indigneraient-ils, si ces lignes leur tombaient sous les yeux, et s'ils s'y reconnaissaient, ce qui n'est pas sûr ; car on se fait sur soi-même de si étranges illusions ! Ils crieraient à l'exagération, à la calomnie, et je les entends d'ici me jeter à la tête l'accusation de socialisme. Comme si le socialisme consistait à signaler le mal social, à le rechercher dans ses causes, à le flétrir dans ses auteurs, et à ouvrir les yeux aux maîtres sans cœur et sans entrailles, qui s'en rendent complices, peut-être inconsciemment ! Il faut avoir le courage de le dire hautement, le tort, l'erreur profonde et fatale des socialistes, ce n'est pas de remuer des misères trop réelles, de se laisser aller à des exagérations trop excusables, de flétrir les traditions et les procédés d'un monde industriel et commercial aveuglé par le faux libéralisme de la Révolution et par le mépris voltairien des petits et des pauvres.

Non, leur tort, c'est de chercher le remède à ces incontestables misères dans des utopies irréalisables ; dans des violences matérielles qui aggravent le mal au lieu de le soulager ; dans les doctrines insensées d'un communisme qui détruirait la richesse nationale en sa source, dans la haine de la seule puissance capable de rétablir la société sur les bases de l'éternelle justice et de la charité, je veux dire la religion chrétienne, la sainte Eglise catholique. Que la charité du Christ rentre dans les âmes des patrons, des ouvriers et des employés de toute classe ; qu'elle rentre dans les lois, dans les institutions, dans les gouvernements, et la question sociale se trouvera bien près d'être résolue.

Mais c'est aux puissants, aux riches, aux maîtres à commencer, parce que c'est de leurs abus et de leur égoïsme qu'est né le mal social ; c'est par leur engouement libre-échangiste, par leurs funestes préventions contre la liberté d'association, qui seule peut permettre à la masse des travailleurs de défen-

dre leurs intérêts, d'améliorer leur situation présente
et d'assurer leur avenir ; c'est aussi par leurs pré-
jugés idiots contre le repos du dimanche et contre
les institutions de charité catholique, que les politiques, les financiers, les grands industriels ont
laissé naître, croître et monter comme une mer
orageuse le flot vivant du paupérisme, inconnu
avant 1789 des peuples et des pays chrétiens. C'est
donc à eux de réparer les fautes de leurs pères et
les leurs, en christianisant l'industrie et le commerce par leur exemple et leur action, par les lois,
et surtout par une alliance sincère et féconde avec
l'Eglise.

Le jour où tous les puissants de la terre met-
traient en œuvre dans leur vie la grande, l'unique
maxime évangélique : « Aimez le prochain comme
vous-même, faites pour les autres ce que vous
désirez qu'ils fassent pour vous », ce jour-là, l'apai-
sement se ferait bien vite dans les masses laborieuses et souffrantes, et l'aurore de la paix sociale
se levant du sein des ténèbres où la société agonise,
illuminerait les âmes et ramènerait partout l'espérance et la vie.

LA FAMILLE

Ces études seraient incomplètes si nous ne montrions nos enfants de Paris dans leurs rapports avec leurs parents. La religion, la famille, la propriété, tout se tient dans l'œuvre divine, dont l'œuvre sociale n'est que l'expression, la réalisation en ce monde.

Là où le respect de Dieu diminue, la famille et la propriété sont menacées ; là où la notion de Dieu disparaît, la notion de la famille et de la propriété disparaît à son tour, pour s'abîmer dans la brutalité du fait matériel.

Le mariage, centre et nœud de la famille, se relâche, se dénoue, et par le divorce, devient une formule hypocrite. Les enfants, ballottés entre un père et une mère qui se prennent, se quittent, se reprennent, perdent bientôt le sentiment même du devoir filial : comme chez les brutes, ils ne sont plus que des *petits*, qui, l'âge venu, se dispersent au vent des passions et ne reconnaissent même plus ceux qui les ont mis au monde.

Quant à la propriété, elle est indéfendable et

impossible, en dehors de la famille une et indissoluble, qui se perpétue de père en fils avec ses droits
acquis et ses devoirs éternels. Sans l'hérédité indé-
lébile du nom, des traditions, des intérêts, en un
mot, de la famille avec ses charges et ses respon-
sabilités de gloire ou d'infamie, l'héridité des biens
acquis n'est plus un principe, mais un accident, un
fait social que la loi humaine peut modifier et
détruire comme elle l'a créée.

Les devoirs et les droits s'enchaînent tous comme
une suite d'anneaux dont le premier remonte à
Dieu. Brisez cet anneau primordial, et tous les
droits et les devoirs s'égrènent et se perdent dans la
poussière ou la boue de la terre.

Un peuple sans Dieu ne respecte rien, pas même
les lois qu'il s'est imposées, caprices mobiles qu'un
caprice peut défaire : le vrai nom d'un tel état
social, c'est l'anarchie ou le nihilisme, et les évène-
ments contemporains crient cette vérité d'une voix
si menaçante, que les sourds volontaires sont les
seuls à ne pas l'entendre.

Nos enfants de Paris, j'entends ceux qui, nés de
parents honnêtes, ont été élevés chrétiennement et
qui ont affermi, dans les sociétés de patronage, leur
foi, leur instruction et leur pratique religieuse, sont
un exemple vivant des vérités de bon sens que je
viens de rappeler. Sauf de rares exceptions, leurs
parents récoltent en eux ce qu'ils ont semé, le respect, l'amour filial. Souvent même, ils trouvent dans
les exemples de leurs fils, une impulsion et une

force morale qui donnent à leur vieillesse des consolations et des lumières ignorées de leur âge mûr.

Ils ne sont pas très nombreux, en effet, même dans le cercle de nos jeunes gens, les parents chrétiens, non de sentiments et sympathie, mais de pratique. Parmi les pères surtout il en est peu qui aillent jusqu'à la confession et à la communion pascale. Mais, par une heureuse contradiction, les moins pratiquants tiennent à ce que leurs enfants ne suivent pas leur exemple. Ils savent trop, par l'expérience de la vie, qu'en perdant l'habitude du patronage et des sacrements, les garçons de seize à vingt ans perdent leurs habitudes de sagesse, d'économie, de respect et d'obéissance filiale, et ils raisonnent comme Voltaire qui, tout en se moquant de l'Eglise et de ses lois, ne voulait à aucun prix être servi par des domestiques ne se confessant pas.

Un jeune homme de vingt ans, très fervent chrétien, me disait un jour : « Mon père ne va pas à la messe : il n'a pas le temps ; ce sera pour plus tard. Mais, si je manquais un jour à la réunion du dimanche à la société, il me ferait une scène à tout casser. »

Que résulte-t-il de cet état de chose ? que les jeunes gens suivent l'exemple de leurs pères au lieu de suivre leurs conseils ? — Quelquefois. — Mais le plus souvent, c'est le contraire qui arrive, et il est grand, le nombre des pères réconciliés avec Dieu à l'article de la mort ou ramenés à la pratique religieuse en pleine santé, par les exemples et les prières de leurs enfants,

Un vieux soldat retraité, l'honneur et la bonté
même, remplissait fidèlement tous ses devoirs, hormis
ses devoirs envers Dieu. Il est frappé tout à coup
d'une attaque d'apoplexie qui le met à deux doigts
de la mort. Le médecin en désespère ; tout pleure
et se lamente autour de lui. Personne ne parle de
sacrements.

Son fils, brave garçon de dix-huit ans, à la tête
un peu vive, mais au cœur profondément chrétien,
ne prend conseil de personne, vole chez le prêtre
directeur de son patronage, et le ramène séance
tenante, chez le mourant. — « Mon père, lui dit-il,
en se penchant vers lui et l'embrassant, voici
Monsieur l'abbé que j'ai été chercher : tu veux bien
le recevoir, n'est ce pas ? » Le vieillard qui, dans
l'intervalle, avait recouvré sa connaissance et la
parole, répond d'une voix ferme : « Oui ! » et d'une
main tremblante, il cherche à prendre celle du messager de paix.

Le prêtre le confessa, lui apporta le saint viatique, lui donna l'extrême-onction, et se retira vivement touché de sa foi et de son repentir. — Le vieillard attira d'un regard son fils sur son cœur lui
dit tout bas merci, puis s'endormit doucement et se
réveilla sauvé. Sa guérison fut prompte, complète,
et Dieu, voulant sans doute récompenser le noble
enfant de sa foi et de son courage, rendit au vieux
soldat, du même coup, la vie du corps et celle de
l'âme.

J'ai déjà raconté plus haut l'histoire du pauvre

Georges mourant qui puisa dans l'approche même de la mort la force d'évangéliser, de convertir son père, éloigné des sacrements depuis sa première communion, et qui acheva de mourir dans un transport d'action de grâce, au moment où le pécheur pardonné rentrait de l'église les larmes aux yeux et Jésus-Christ dans le cœur.

Et l'histoire de ce pauvre et vaillant musicien, Octave Tierce (ce n'était pas un surnom), chef d'attaque dans les chœurs de l'Opéra-Comique, qui mourut héroïquement dans l'incendie du théâtre, en s'élançant au milieu de la fumée et des flammes pour arracher des victimes à la mort ! Il avait deux fils, deux grands et beaux jeunes gens, membres d'un patronage, élevés chez les Frères, et qui, par leur exemple, l'avaient amené à faire ses Pâques quelques semaines avant la catastrophe.

Je le vois encore d'ici, après qu'il eut chanté le *Credo* de sa belle voix de ténor, s'approchant de la sainte table, avec un air de recueillement et d'allégresse qui me frappa, et recevant le corps de Jésus-Christ, à genoux entre ses deux enfants. Heureux d'avoir pris les devants sur la vieillesse et la maladie, et de s'être réconcilié avec Dieu en pleine santé, en pleine liberté, en plein jour de Pâques ! Heureux aussi, ses fils, d'avoir été, sans le savoir, les instruments du salut éternel de leur père !

Je veux dire encore la tendre sollicitude d'un autre chrétien de dix-huit ans, pour le retour à Dieu de son père ; ses prières incessantes, ses démarches pour obtenir des neuvaines et enlever d'assaut cette âme chère ; ses promesses à saint Joseph, à Notre-Dame des Victoires et enfin son triomphe. Ce généreux enfant conduisit l'excellent homme par la main d'étape en étape, d'abord à la prière du matin et du soir, puis à la messe de chaque dimanche, puis à la retraite pascale du patronage, enfin à son confesseur qu'il avait convoqué à jour et heure fixes et mis au courant de ses desseins.

La veille de Pâques, après la retraite, le prêtre vit arriver le pénitent à cheveux gris, soutenu, encouragé par l'angélique enfant qu'il avait porté petit dans ses bras : « Voici mon père, dit simplement le brave garçon ; il veut vous entretenir et se préparer à faire ses Pâques demain avec nous. » Et le lendemain, le père et le fils ayant communié ensemble, regagnèrent leur place, priant, adorant, aimant à qui mieux mieux.

Depuis ce jour, l'heureux converti assiste tous les soirs à la prière faite en commun, au milieu de sa femme et de ses enfants. Il ne trouve jamais qu'elle soit trop longue, et de toute la famille, c'est lui qui y tient le plus.

Nos bons enfants de Paris ne se contentent pas d'assister leurs parents dans leurs besoins spirituels.

Tous considèrent comme le plus simple et le plus strict devoir de leur apporter chaque mois le produit de leur travail. J'ai vu des jeunes gens de vingt ans passé, revenus du service militaire, se conformer à cette pieuse coutume et la trouver la plus naturelle du monde.

Un d'entre eux qui gagnait plus de deux cents francs par mois, et auquel je demandais ce qu'il avait mis de côté pour son mariage, me répondit avec simplicité : « Je n'en sais rien. Je donne à mes parents tout ce que je gagne ; ils m'entretiennent de tout, me donnent ce qu'il me faut pour mes dimanches, et ils me diront le jour de mes noces ce qu'ils ont économisé en mon nom. »

Témoins des sacrifices faits pour leur éducation et désireux de subvenir à leur tour aux dépenses du ménage, la plupart de ces jeunes gens ne rêvent que le travail, aspirent aux heures supplémentaires, aux veillées prolongées et rétribuées, et semblent possédés de la passion de l'argent. Pauvres enfants ! ce n'est pas l'avarice qui les inspire, c'est le dévouement filial. Au prix de fatigues excessives, aux dépens de leur sommeil, de leur santé, ils s'ingénient à accroître le petit trésor qu'ils apportent chaque mois à leur mère, et sa joie, ses baisers, l'émotion de sa voix leur disant : « Merci, mon enfant », sont pour eux la plus douce des récompenses.

La question du mariage trouble parfois la paix du foyer. Le cœur l'emporte trop souvent sur la tête, dans ces natures ardentes, impressionnables, que le mépris des mauvais plaisirs rend plus avides des affections légitimes. Entre le cœur qui parle seul d'un côté, et de l'autre, la raison qui calcule, l'entente est difficile et l'issue de la lutte douteuse. —

Quand la cause du désaccord est une simple question d'argent, on finit presque toujours par s'entendre, et, tout en grondant et fronçant le sourcil,
les parents mettent bas les armes. Mais quand il
s'agit de l'éducation, de la famille, de divergences
dans les sentiments et les principes, c'est le jeune
homme qui finit par se soumettre, pour son bonheur
et celui des siens. Que s'il s'obstine, s'il se marie
malgré les observations et le blâme de ses parents,
l'évènement donne plus souvent raison à l'expérience des parents qu'à la passion du fils.

J'ai trouvé chez plusieurs de ces jeunes gens, de
naissance obscure mais de nature élevée, d'admirables délicatesses de sentiment et de conduite. Un
d'eux, arrivé par son travail et son intelligence à une
situation déjà importante, et considérable dans l'avenir, me confiait un jour ses projets de mariage. —
« Un de mes chefs, disait-il, qui me témoigne beaucoup
d'intérêt, me proposait récemment ses bons offices
pour un mariage très brillant, en rapport avec mon
avenir présumé, mais hors de toute proportion avec
mon passé et même mon présent. J'ai réfléchi, j'ai
prié, et lui ai demandé de ne pas donner suite à ce
projet. — Je ne veux pas épouser une femme
accoutumée à un autre monde que celui de ma
famille, que mon père et ma mère ne pourraient pas
traiter sans façon comme moi-même. Mon parti est
pris : je ferai un mariage modeste, qui donne une
fille à mes chers parents, au lieu de leur enlever
eur fils. »

Il le fit et fit bien ; celle qu'il choisit pour femme, d'une naissance semblable à la sienne, était assez riche du côté du cœur, de l'esprit et de la foi, pour assurer son bonheur et lui faire honneur en tout et partout. Il a cherché le royaume de Dieu ; le reste lui sera donné par surcroît.

Il y aurait mille traits charmants à raconter sur les rapports de ces bons fils avec leurs mères, leurs sœurs et leurs frères. Que de soins, de préoccupations d'une part, que de tendresse et de soumission de l'autre !

J'ai rencontré, dans les conditions les plus humbles, des mères qui parlaient en leur simple langage comme Blanche de Castille. — L'âme de leurs enfants, leur fidélité à Dieu, la pureté de leurs mœurs, c'était là pour elle le premier soin, l'intérêt qui dominait tous les astres. — « Vous qui le voyez de près, qui connaissez si bien les jeunes gens, croyez-vous que mon fils restera sage et pieux ? Il est bien gentil maintenant, mais quand il aura ses dix-huit ans, que fera-t-il ? sera-t-il du petit nombre des fidèles, des courageux ? Résistera-t-il à la contagion de l'exemple, aux camaraderies de bureau, à ce qu'ils appellent la blague de l'atelier ? Ah ! monsieur, je tremble rien que d'y penser ; j'en perds le sommeil et l'appétit. Car, voyez-vous, j'aimerais mieux que Dieu me le prenne tout de suite que de le laisser en ce monde pour le trahir et se débaucher. »

Voilà les propos que j'ai entendus cent fois, les

alarmes maternelles que je cherchais à calmer, en rappelant à ces humbles et admirables femmes le mot d'un vieil évêque à Sainte Monique, mère de Saint Augustin : « Ne craignez pas : il est impossible que l'objet de tant de prières et de larmes ne soit pas sauvé. »

Une de ces pauvres mères, qui avait eu la douleur de voir son fils succomber à la tentation et revenir au logis gravement atteint de la poitrine, me disait en pleurant : « Je demande au bon Dieu de le guérir ; sa mort me briserait le cœur. Mais s'il devait retomber dans ses égarements, je prie le Seigneur de le laisser mourir pendant qu'il est en état de grâce. Au moins, je serai sûr du salut de son âme. »

Si quelques-uns de ces pauvres jeunes gens font pleurer leurs mères, combien d'autres les consolent et mettent leur vertu sous la garde de leur amour filial ! J'en ai connu qui avaient pris une telle habitude de tout leur confier qu'ils n'auraient pu se coucher et s'endormir sans leur avoir raconté leur journée. Après la crainte d'offenser Dieu, la crainte d'attrister sa mère, n'est-elle pas, pour un cœur élevé, la plus puissante des sauvegardes ?

Rien ne peut donner une idée de ces intimités maternelles et filiales, surtout entre les fils uniques et leurs mères veuves. — *Théophile* a vingt ans. Il en avait quinze à peine quand son père mourut. Pendant cinq ans, sa mère ne vécut que pour lui, tremblant pour sa santé un peu frêle, pour son âme restée pure, mais dont elle craignait indiciblement de voir se ternir la beauté.

Voyant que cette inquiétude la minait, le brave garçon lui proposa d'aller s'établir aux environs de Paris, à portée de son bureau, et de quitter l'air dangereux de la ville pour l'air de la campagne, plus favorable à la santé du corps et de l'âme. Elle accepta cette pensée avec bonheur, et pour s'interdire toute idée de retour, ils employèrent tout leur petit avoir à faire bâtir une jolie maisonnette où ils s'installèrent avec une joie d'enfants.

Quand Théophile me fit part de ce projet, je lui objectai la sévérité de cette vie nouvelle, loin de ses amis, de ses habitudes, de ses honnêtes plaisirs. Il me répondit avec le plus aimable abandon : « Mon seul ami, c'est vous ; ma seule habitude, mon seul plaisir, c'est ma mère. Or, je viendrai vous voir une fois par semaine, et là-bas, je serai toujours avec elle. « Que voulez-vous qu'on dise à des raisons pareilles ? Je l'approuvai ; ils réalisèrent leur désir, et depuis qu'ils sont installés dans leur rustique domaine, ils y mènent la vie de deux nouveaux mariés dont la lune de miel brille et brillera toujours dans son plein. Ils cultivent les fleurs, les légumes, les fruits de leur jardinet. Le dimanche, après la grand'messe, ils font ensemble des excursions en chemin de fer, et leur temps fuit rapide, comme tout ce qui est heureux.

Dieu a récompensé le dévouement de ce fils modèle, en lui donnant la grâce de l'apostolat.

Privé de ses œuvres de foi et de charité, de sa conférence de Saint-Vincent-de-Paul et de son patronage, il eut l'idée et le bonheur de travailler à la
fondation dans sa paroisse d'une conférence aujour-
d'hui établie, florissante, et d'une société de jeunes
gens qui déjà sort de terre et promet une heureuse
moisson. Grâce à son zèle ingénieux, des chœurs
d'artistes volontaires relèvent la solennité des offices
religieux et font reprendre aux braves gens du
pays le chemin oublié de l'église. C'est ainsi que
l'arrivée en ce lieu d'un modeste enfant de Paris a
pris les proportions d'un événement public, et que
son amour filial, inséparable de son amour de Dieu,
s'est répandu comme une source de bénédiction et
de salut, sur toute la campagne environnante.

Cette tendresse des mères pour leurs enfants ne
les empêche pas, quand l'âge du travail est arrivé,
d'y pousser leurs fils comme dans un refuge contre
les passions, et de les y maintenir si parfois la tentation de la paresse venait à les solliciter. A leurs
yeux clairvoyants de chrétiennes, le travail n'est pas
seulement un moyen de gagner de l'argent ; c'est
aussi le meilleur moyen de garder ses mœurs. Plus
d'une fois, quand je faisais à l'une d'elles quelque
observation sur les veilles, le surmenage qu'un
patron trop exigeant imposait à ses employés, elle
me répondait : « Que voulez-vous, monsieur, c'est
comme ça. Il faut prendre le travail et le patron
comme on les trouve. Le père n'a pas épargné ses
peines pour élever les enfants. Maintenant qu'ils

sont grands, c'est à leur tour de peiner. Ils se fatigueront encore moins à travailler qu'à faire des sottises. Et puis, s'ils tombent malades, eh bien, on les soignera. »

Ce langage qui me semblait d'abord un peu dur, m'apparut, à la réflexion, comme celui de la raison et du vrai dévouement. J'ai reconnu, à l'usage, que ce mélange de tendresse et de rudesse est le meilleur moyen de faire des hommes honnêtes, laborieux et chrétiens.

Après la tendre intimité des fils avec leurs parents, rien n'est plus aimable et plus salutaire que l'union des frères et des sœurs entre eux. Une sœur aînée dans une famille chrétienne est une bénédiction pour son jeune frère. Il trouve en elle comme une mère de surcroît, avec le charme d'une familiarité qui tempère l'autorité, d'une liberté dans l'obéissance qui la rend plus facile et plus méritoire en même temps.

Voyez *Benedict*, dans la grâce et la force naissante de ses quinze ans. Ses grands yeux noirs pleins de flamme, ses traits déjà fermes, indiquent une nature ardente et impétueuse. Mais son attitude modeste, ses regards et sa voix contenus, témoignent d'une possession de soi-même rare à cet âge, d'une douceur acquise, d'une violence domptée. Le dompteur de ce caractère fougueux, c'est sa sœur aînée, une chrétienne fervente de vingt ans.

Elle l'a apprivoisé avec tant de douceur et de fermeté, sans impatience, mais sans relâche, par le

10

seul ascendant de son dévouement et de sa vertu,
qu'elle s'est emparée de tout son esprit et de tout
son cœur. Docile à ses moindres conseils, il ne met
plus de réserve à sa confiance, ni de limite à sa
soumission passionnée. Il trouve en elle une seconde
mère, une amie sûre, un charmant camarade, un ange
gardien visible. Elle est devenue pour lui le soleil
qui illumine et réchauffe, l'ombre sereine qui repose,
la rosée qui désaltère. Il grandit et fleurit sous ses
yeux, comme Benjamin croissait heureux et pur près
de son frère Joseph, sous la tente de Jacob, aux
plaines d'Israël.

Le grand frère, comme j'en connais plus d'un,
n'est pas moins aimable et précieux que la grande
sœur. — Jetez les yeux dans ce modeste intérieur. Un jeune homme de dix-huit à vingt ans entre,
le visage riant, les bras ouverts, revenant de son
travail. Ses deux petits frères se précipitent dans
ses jambes, sautent après lui, lui prennent son chapeau, couvrent son visage de baisers, et cherchent
à piquer leurs joues roses à sa moustache et à sa
barbiche naissante.

Ils le forcent de s'asseoir, grimpent sur ses
genoux, comme des écureuils sur les branches d'un
jeune arbre. Les voilà à califourchon, l'un à droite,
l'autre à gauche, tous les deux près de son cœur.
Ils lui parlent à la fois, lui racontent les grosses
affaires de la journée, lui prennent la tête, quand
il la détourne, pour l'obliger à les écouter. Lui,
le grand garçon, le jeune père, les mange des

yeux, rit à toutes leurs naïvetés, à tous leurs
gestes, et les interrompt à chaque moment pour
les embrasser. Ce sont là ses plaisirs les plus
doux, son inépuisable délassement, après la fatigue
d'un long travail.

J'ai contemplé plus d'une fois ce charmant tableau
de famille, et je ne pouvais en rassasier mes yeux.

Ai-je besoin d'ajouter que ce grand frère est le
modèle des fils, des chrétiens, et que son cœur est
comme son esprit à la hauteur de toutes les situations et de tous les devoirs? Heureux parents d'un
tel fils, jouissez en paix de votre bonheur, juste
récompense de l'éducation chrétienne que vous
donnez à vos enfants.

Laissez-moi, avant de fermer ce chapitre, dire un
mot de ces couples, j'ose dire ces attelages parfaits
de jeunes frères qui marchent du même pas dans le
droit chemin, sous le joug spirituel de la famille et
de la religion. Il s'en trouve un ou deux, de ces
attelages du bon Dieu, dans presque tous les patronages de Paris, et à ceux-là s'applique particulièrement la parole du Sauveur ; « Prenez mon joug sur
vous, et vous trouverez le repos de vos âmes... Car
mon joug est doux et mon fardeau est léger. »

Parfois, hélas! l'un des deux se cabre, brise son
frein, rue, s'emporte, et j'en connais qui, dans le
vertige de la passion, se sont enfuis si loin que frère
et mère ont presque perdu l'espoir de son retour.
Mais la plupart du temps, ils s'avancent dans la
joie de l'union, soutenus l'un par l'autre, toujours

d'accord dans le bien, malgré les nuances des caractères. Georges et Paul, Joseph et Jules, Arsène et Charles, Henri et Etienne, couples fraternels par le sang et par le cœur, qui dira votre dévouement mutuel, vos âmes soudées l'une à l'autre, comme celles de David et de Jonathas, vos préoccupations et vos soins de sœurs de charité, quand l'un des deux est malade? Vous êtes l'honneur et la joie de vos familles, l'exemple de vos camarades, et vous offrez partout le spectacle fortifiant de l'unité de votre foi, de vos vertus et de vos œuvres, dans la diversité de vos esprits et de vos goûts.

Un jour, la mort vint à briser une de ces touchantes unions, et emporta le plus jeune de deux frères qui s'adoraient. Depuis ce moment, et il y a plusieurs années de cela, le survivant n'a pas encore pu surmonter sa douleur. Sa physionomie mélancolique en a gardé l'empreinte; son regard voilé se noie souvent dans une triste rêverie, comme s'il s'entretenait avec l'ami de ses jeunes années ravi à sa tendresse. Quand il parle de ce cher petit frère, les larmes lui viennent aux yeux, et presque chaque dimanche, à moins d'une impossibilité matérielle, il fait le long et pénible trajet de Paris au cimetière d'Ivry, pour aller porter des fleurs, des prières et des larmes sur la tombe de celui qui l'a quitté pour le ciel.

A PASSY

Le pensionnat des frères à Passy s'élève sur les hauteurs qui font suite au Trocadéro et qui dominent la Seine comme les grandes falaises de Normandie. Les bâtiments sont magnifiques, les jardins spacieux. La cour d'honneur a un aspect royal, et l'air le plus pur, planant bien au dessus des maisons de Paris, y circule largement, symbole de l'atmosphère morale que respirent à pleins poumons les jeunes habitants de cette studieuse demeure.

Le tableau de l'éducation et de l'instruction qu'ils y reçoivent, des plaisirs artistiques et littéraires qui leur sont offerts, des fortes vertus qui y fleurissent, des vocations de tout genre qui s'y forment pour aller s'achever ailleurs, ne rentre pas dans notre cadre, bien que ces pensionnaires privilégiés ne diffèrent des enfants de Paris élevés dans les écoles de frères que par la situation plus aisée de leurs familles et une instruction primaire supérieure.

Mais il est un endroit, dans ce pensionnat modèle, où les jeunes gens des patronages se trouvent comme chez eux ; c'est la salle des fêtes, une des plus belles

10.

et des plus vastes de Paris. Trois mille personnes y tiennent à l'aise, et c'est là que se fait, en assemblée générale, la distribution annuelle des récompenses.

La fête est solennelle et mérite d'être racontée. Sur une estrade monumentale à laquelle on accède par de nombreux degrés, siègent les dignitaires des œuvres, les sénateurs de la charité, entourés de prêtres d'élite, de religieux et de catholiques de distinction. — Par une tradition touchante et toujours observée depuis bien des années, c'est l'archevêque de Paris, le père des petits et des grands, qui préside et vient se retremper tous les ans au contact de cette ardente et généreuse jeunesse.

Près de la pourpre romaine, l'habit noir et la cravate blanche de l'orateur, qui doit verser sur l'auditoire les flots de sa parole harmonieuse, semblent quelque peu prosaïques, mais dès qu'il ouvre la bouche, sa prose est si belle qu'en un clin d'œil elle le poétise. On ne pense plus qu'à l'écouter, à l'applaudir, et quand on le regarde, il apparaît comme auréolisé, transfiguré par son éloquence. — Inutile de dire que l'orateur choisi est toujours éminent. C'est plus que de tradition, c'est de règle.

Bref, les vénérables occupants de l'estrade, vus d'ensemble et de loin, font un effet imposant. De près, on s'apercevrait bien, hélas ! que l'illustration, le droit aux places d'honneur, se paient, comme tout se paie en ce monde, par la jeunesse envolée, par la calvitie des uns, la maigreur ou l'élargissement excessif des autres, par la barbe blanchie et les

fronts sillonnés de rides, que sais-je ? par tout ce
qui est l'opposé de la fraîcheur et de la grâce des
jeunes années. Mais, hâtons-nous de le dire, ces
injures du temps se fondent et s'effacent presque
dans l'expression de bonté, de sympathie, de paix
sereine et joyeuse qu'on lit sur ces visages vieillis, et
je ne crois pas me tromper en disant qu'aux yeux de
cette jeunesse aimable et respectueuse qui les
regarde d'en bas, ces vétérans du travail, de la foi,
de la charité, de l'enseignement, apparaissent revê-
tus du charme des services rendus, de l'expérience
indulgente, et, pour tout dire en un mot, de la paternité catholique.

Quoi qu'il en soit de l'effet de l'estrade sur l'auditoire, l'effet de l'auditoire contemplé du haut de l'estrade est inexprimable. Ce peuple de jeunes gens
qui remplissent la nef, inondent les bas-côtés de la
salle et s'étendent jusqu'aux gradins occupés tout
là-bas par l'orchestre des enfants de Passy, de Saint-
Nicolas ou du cercle des Francs-Bourgeois ; ces
milliers de têtes brunes ou blondes, dont les cheve-
lures rapprochées offrent l'aspect d'une immense
fourrure, ces visages illuminés de tous les rayonnements de la jeunesse, donnent une sensation inouïe
de vie, de force, de victoire. Malgré le poète, on ne
peut croire que les longues pensées, les promesses
de l'avenir n'appartiennent pas plus à cet âge qu'à
la vieillesse ; et, quand on se dit que, dans ces
braves cœurs, vivent les ardeurs de la foi, les énergies et les triomphes de la chasteté, l'enthousiasme

de toutes les saintes causes, on reprend courage, on rend grâce à Dieu, et on salue, en cette vaillante armée, l'espérance de l'Église et le relèvement de la patrie.

Le programme de la fête est toujours le même : ouverture à grand orchestre, discours de l'orateur, déclamation, musique vocale et instrumentale, chansonnettes comiques, sans lesquelles une séance de jeunes gens ressemblerait à une soupe sans sel, appel des lauréats et distribution des récompenses accordées à la persévérance, à l'assiduité, au mérite ; enfin, causerie et bénédiction paternelle de l'archevêque président : voilà en quelques mots l'histoire de ces solennités, qui se renouvellent tous les ans, au printemps, et ne vieillissent jamais.

Je dois le confesser, dans ce programme divers et abondant, ce qui amuse le plus cette immense assemblée d'enfants de Paris, c'est la chansonnette et le monologue. Ils écoutent sérieusement les choses sérieuses ; ils sont émus, enlevés par les grands mouvements d'éloquence, par les accents inspirés de la foi et du patriotisme. Ces graves impressions leur restent et vont grossir, au fond de leur cœur, le trésor de vérités et de sentiments dont se nourrit leur vie chrétienne. Mais, pour la minute présente, l'explosion de leur rire provoqué par l'agréable plaisanterie d'un monologue, par le gros sel d'une chansonnette comique, ou par les *imitations* dont ils raffolent, dépassent en éclat les autres manifestations de leur allégresse. C'est à

cette partie, la moins élevée de la séance, qu'ils pro-
diguent les battements de mains les plus bruyants,
et les honneurs du *bis* impérieusement réclamé.

Malgré tout ce tapage de surface, l'article du
programme qu'ils attendent avec le plus d'impatience, et pour lequel ils sacrifieraient volontiers
tout le reste, c'est la distribution des récompenses,
c'est l'appel des lauréats qui, chacun à son tour,
passent au milieu des rangs pressés de leurs camarades, pour aller recevoir, des mains de l'archevêque
de Paris et de ses assistants, leurs médailles de
bronze et d'argent, ou les livres destinés aux plus
jeunes.

Rien n'est plus gracieux et plus solennel en même
temps que de les voir escalader les gradins de l'estrade avec leur souplesse de vingt ans, s'agenouiller
devant le bon cardinal, baiser son anneau pastoral
et redescendre vivement avec leur prix assaisonné
d'une caresse et d'une bénédiction. Les applaudissements de l'assemblée les accompagnent à l'aller
et au retour, comme un roulement de tambour,
comme un flux et un reflux d'enthousiasme qui les
apporte et les remporte d'un bout à l'autre de la
salle.

A certains moments, le flot des applaudissements
grandit, monte et mugit en tempête. Ces recrudes-
cences de bruyante sympathie sont toujours justi-
fiées : on en jugera par quelques exemples, que je
choisis parmi tant d'autres.

Voici d'abord un soldat ; c'est un membre d'une

des sociétés présentes, enlevé par le service militaire et venu en permission pour recevoir la récompense de ses années de jeunesse passées au patronage. On salue son uniforme par des battements de
mains formidables. Quand il se trouve aux pieds du
cardinal, agenouillé en pantalon rouge devant la
robe rouge du prince de l'Église, l'émotion s'accroît encore : ce qu'on acclame cette fois, c'est
l'union de l'Église et de la France, du soldat qui
donne son sang à la patrie, et du prêtre prêt à
donner le sien pour Jésus-Christ, père de toutes
les patries.

Si le soldat porte sur sa tunique les galons de
caporal ou ceux de sous-officier, la sympathie s'exalte
et monte d'un degré ou deux. Avec ces cœurs et
ces mains de vingt ans, on avance toujours sans
jamais arriver au bout.

• Mais qu'est ceci ? Pourquoi ce mouvement tumultueux dans les rangs, ces têtes qui se retournent
vers ce lauréat ? On se lève sur son passage, le bruit
des voix se mêle à celui des mains. Est-ce un officier ?
Non : ce n'est même pas un sergent, ni un caporal.
C'est un simple soldat, à la taille droite, aux cheveux
blonds, à l'œil bleu, qui passe grave et digne dans
ce tourbillon d'ardente sympathie. Il arrive au bas
de l'estrade, en franchit les degrés : le voilà aux
pieds du cardinal, qui échange quelques mots avec
lui et l'embrasse étroitement. Alors l'exaltation n'a
plus de bornes, elle se déchaîne comme une mer
en furie ; les acclamations retentissent de toutes

parts, et au cri prolongé de : Vive la France ! se
mêle un autre cri : Vive l'Alsace ! Ce jeune soldat,
c'est un Alsacien, exilé de la maison paternelle, du
village natal, qui a tout quitté pour rester Français.
— Quand il redescent, toutes les mains se tendent
vers lui, et le noble enfant regagne sa place, les yeux
baignés de larmes.

— Ne les cache pas, cher soldat de la France, ces
larmes consolantes et douces, et laisse·les couler
librement. Peut-être un jour, si Dieu en décide ainsi,
au lieu de larmes, c'est ton sang que tu verseras
pour la mère patrie. Ces acclamations, ces marques
de fraternelle sympathie partent de cœurs sincères,
catholiques et français comme le tien, et ce qu'ils
disent en ce jour de fête, ils le rediraient au besoin
sur un champ de bataille. Mets ta main dans leur
main, appuie ton âme sur leur âme, et servez,
défendez, aimez tous ensemble cette Eglise et cette
France dont l'alliance est indissoluble, et qui triom-
pheront l'une par l'autre ! »

Nous n'en avons pas fini avec les uniformes. En
voici un autre qui est en même temps militaire et
civil, qui sent à la fois le canon, la mine, le chemin
de fer, la grande route et le canal : ne cherchez pas
loin, c'est l'uniforme de l'école polytechnique. Celui
qui le porte avec aisance et modestie et qui traverse
la foule de ses camarades au milieu d'applaudissements tempérés de respect, est sorti comme les
autres d'une école de frères. Fils d'un simple ouvrier,
il ne rougit pas de son père, ni de ses anciens compa-

gnons. Pendant ses études préparatoires, après son admission à l'école polytechnique comme avant, il n'a pas cessé de fréquenter les réunions de son patronage.

C'est un frère, favorisé par le talent, par les circonstances, par la protection divine, qui a gardé, dans sa nouvelle position, la simplicité de ses habitudes et la modestie de son cœur. Il arrive, il est déjà arrivé ; mais à quelque degré qu'il monte, il ne sera jamais un parvenu : car à côté de la fortune et de la science, il a mis pour toujours dans sa vie le garde-fou de la foi et de l'humilité. Ces sentiments se lisent dans la limpidité de son regard, dans l'aménité de son sourire, dans la gravité aimable de son attitude. Aussi tous ses camarades s'associent à son succès et l'accompagnent jusqu'à sa place de leur expansive sympathie.

Terminons par ce qui termine la vie elle-même, la vieillesse. Parmi ces milliers de jeunes gens se rencontrent quelques vétérans des patronages, des hommes de trente ans et plus, qui ne peuvent se décider à abandonner le préau de l'école où ils ont passé les années difficiles de l'adolescence et de la jeunesse. On les voit tous les ans, à la grande séance de Passy, avec quelques cheveux de moins, quelques rides de plus ; ils y représentent au milieu des nouveaux venus cette haute et rare vertu, la fidélité. Quand on appelle leur nom, suivi de cette indication : vingt, trente ans d'ancienneté, leurs jeunes camarades ne leur marchandent pas les

applaudissements, et en les voyant redescendre de
l'estrade d'un pas déjà un peu alourdi, les plus jeunes
se disent tout bas : « Ce n'est pas très beau d'être
vieux, mais c'est beau tout de même d'être fidèle. »

Or, parmi ces anciens jeunes gens, il en est un,
vivant et très vivant au moment de l'ovation que
je raconte, qui aurait pu être le père des plus
anciens, et le grand-père des autres. L'année où il
atteignit ses quatre-vingts ans, on voulut lui faire
honneur. A l'appui de son nom : *Monsieur Maréchal, quatre-vingts ans d'âge*, on vit un bon vieillard, placé sur un des premiers rangs, se lever,
saluer, puis s'avancer à petit pas, assez droit encore
dans sa tournure militaire, appuyé sur une canne à
pomme d'or, la tête ornée d'une belle perruque
blonde et frisée, la mise correcte, soignée, presque
élégante. Il gravit les marches de l'estrade non
sans peine, mais sans aide, et il arriva enfin devant
le cardinal, qui l'empêcha de s'agenouiller, et l'ac-
cueillit avec une particulière bonté. Chargé de son
prix, dont il semblait aussi fier qu'un écolier recevant sa première couronne, il redescendit les gradins plus lentement encore qu'il ne les avait montés,
et répondit par un sourire et un geste de reconnaissance aux acclamations de toute l'assemblée.

L'histoire de ce vieillard est touchante : je la
résume en peu de mots. — Il avait un fils unique,
élève de l'école, puis membre du patronage de
Saint-Thomas d'Aquin, très pieux, très intelligent,
mais d'une santé délicate. Mgr de Ségur aimait cet

11

enfant comme un de ses fils spirituels les plus
chers. — Il était l'idole et la seule joie de ses
excellents parents.

Survint la guerre de 1870, bientôt suivie du
double siège de Paris, par les Prussiens, puis par
l'armée française contre la Commune. Le jeune
homme, âgé alors de dix-neuf ans, passa ces neuf
mois interminables et terribles dans un hôtel du
faubourg Saint-Germain, dont la garde avait été
confiée à son père. M. Maréchal, aidé de sa femme,
non moins énergique que lui, s'acquitta de cette
tâche difficile, à son honneur, mais non sans danger. Sous la Commune surtout, les visites à main
armée des fédérés étaient sans cesse l'occasion de
cruelles appréhensions, et jetaient l'épouvante dans
l'esprit et le cœur du jeune malade. Ces terreurs,
ajoutées à celle des obus, exaspéraient son état ner-
veux et faisaient trembler pour sa vie.

Un jour, Madame Maréchal vit entrer une troupe
de soldats de la Commune, commandés par un officier, qui lui demanda insolemment des armes et de
l'argent. Dans cet homme costumé en chef de bri-
gands italiens, elle reconnut le fils d'une de ses
amies de jeunesse. « Comment, s'écria-t-elle indi-
gnée, c'est vous, monsieur Georges, vous le fils de
votre mère, qui venez dévaliser les maisons, à la
tête d'une bande de voleurs ! » Et comme il la
regardait furieux : « Vous ne me faites pas peur,
reprit-elle, avec vos yeux chargés à balles et votre
air de Matamore. Vous êtes un misérable, et je ne

vous laisserai pas passer. Tuez-moi si vous l'osez,
et vous irez ensuite raconter à votre mère que vous
avez assassiné sa vieille amie. Pauvre chère femme !
Elle mourrait de honte et de douleur, si elle savait à
quel degré d'infamie son fils est descendu. » Elle
était comme une lionne, la tête nue, les cheveux
flottant en crinière, debout en travers de la porte,
les bras étendus pour l'empêcher de passer. Dissi-
mulant son émotion sous un rire forcé et en un haus-
sement d'épaules, il se tourna vers ses hommes :
« Laissons là cette vieille folle, murmura-t-il, elle
ne sait ce qu'elle dit; nous avons mieux à faire
qu'à l'écouter. » Là-dessus, il leva les talons et
partit. L'hôtel était sauvé du pillage, sauvé par
l'énergie d'une femme, mais son pauvre enfant était
perdu. Témoin affolé de cette scène, il en ressentit
une telle commotion que son cerveau déjà ébranlé
n'y put résister. De ce moment, jusqu'à la fin du
siège, il languit, et ne se releva pas jusqu'à sa mort
d'une maladie nerveuse que rien ne put conjurer.

M. Maréchal, voyant son fils mortellement
atteint, alla trouver le frère directeur du patronage,
pour lui annoncer la triste nouvelle, et lui demander,
comme une faveur, la permission de prendre la
place de son enfant à la société. Cette touchante
prière fut accueillie avec empressement, et, depuis
lors, le bon vieillard ne cessa de remplir les devoirs
du plus exact sociétaire. Il était toujours le premier
à la messe du dimanche, aux communions régle-
mentaires : les jeunes gens du patronage l'entou-

raient de leurs soins et le respectaient comme un
aïeul. Telle est l'histoire du plus vieux lauréat de
Passy, de celui que nous pouvons appeler, sans
contestation, le doyen des enfants de Paris.

C'est ainsi que se passent les séances annuelles
des patronages. L'appel des récompenses et le
défilé des lauréats achevés, l'archevêque de Paris
qui vient le dernier, suivant le mot de l'Évangile :
« les premiers sont les derniers, » laisse tomber
quelques paroles pénétrantes de ses lèvres et de
son cœur, une bénédiction paternelle de sa main
consacrée, et tout finit, non par des chansons,
comme dans Beaumarchais, mais par de la musique.

Tandis que la foule des jeunes gens, de leurs
familles, des invités, s'écoule par toutes les portes
largement ouvertes, l'orchestre des enfants des
frères chante, éclate, crie par les cent bouches de
ses cuivres et de ses instruments à vent, par le
timbre grêle de son triangle, par le tonnerre de sa
grosse caisse, et poursuit longtemps de ses bruyants
adieux le peuple chrétien qui s'éloigne, se disperse,
et se perd dans l'espace. La fête meurt pour ressusciter au printemps suivant, et tout s'évanouit dans
un murmure harmonieux.

Ainsi finissent les noces, par les accords joyeux
de l'orgue; ainsi finissent les funérailles, par ses
gémissements prolongés. Ainsi finira le monde, par
les trompettes redoutables des anges, après la
séance suprême des châtiments et des récompenses,
au jour du jugement dernier.

LE SAINT-SACREMENT

Au moment où les œuvres de jeunes gens prirent naissance à Paris, sous l'inspiration du vicomte de Melun, les premiers directeurs de ces œuvres se demandaient avec anxiété : « Que peut-on espérer, que peut-on obtenir de la jeunesse parisienne en fait de pratiques religieuses? » Les uns répondaient en hochant la tête : « Au début, rien ou presque rien, la prière, la messe du dimanche ; pour le reste, on verra plus tard. » Quelques autres étaient d'avis d'aller un peu plus loin, mais doucement, sans bruit, à pas de loup.

Mgr de Ségur, qui justement sortait du séminaire et débutait dans le sacerdoce par l'évangélisation des enfants et des pauvres, n'y mit pas tant de façons : « En fait de dévotion, dit-il, ce qu'on peut demander et obtenir de la jeunesse parisienne, ce n'est pas un peu, ce n'est pas beaucoup, c'est tout, et tout de suite ! »

Le jeune prêtre comptait sur le cœur des enfants de Paris : ils répondirent à son appel en lui donnant leur cœur tout entier. Avec le concours de vrais

amis du peuple, prêtres, frères ou laïques, tels que
l'admirable fils de saint Vincent de Paul, Maurice
Meignan, de douce et sainte mémoire, les exercices
religieux, les instructions, les retraites pascales
furent établis, séance tenante, dans les cercles et
patronages naissants ; le succès, un succès fou-
droyant, si l'on peut appliquer ce mot au feu du
Saint-Esprit qui descend du Ciel comme la foudre,
consacra l'entreprise. Dès l'année suivante, pendant
la semaine sainte, plus de six cents apprentis et
jeunes ouvriers assistaient avec un recueillement
sans défaillance à la première retraite générale,
donnée dans le préau des frères de la rue de Gre-
nelle, et c'est à cette occasion que l'abbé de Ségur,
qui la prêchait, dit à des habitants du quartier,
effrayés de voir ces flots de jeunes gens se répandre
chaque soir par les rues, en torrent débordé, au
sortir de la chapelle : « N'ayez pas peur, c'est ma
retraite qui passe ».

Depuis lors, la foi active, la piété ardente et
tendre des jeunes gens des patronages et des cercles
ont grandi comme une marée toujours montante :
aujourd'hui elles sont une des gloires, des forces et
des espérances de la religion et de la patrie. Le
Saint-Sacrement, le Sacré-Cœur, la sainte Vierge,
la sainte Eglise romaine : telles sont les grandes
dévotions de la jeunesse chrétienne de Paris, dévotions catholiques par excellence qui renferment et
résument toutes les autres.

Le culte du Sacré-Cœur de Jésus se confond,

dans la foi simple et profonde de ces braves jeunes gens, avec celui du Saint-Sacrement. Là où est Jésus, là réside son cœur; et là où est adoré le Sacré-Cœur, là est adorée sa personne toute entière. C'est donc par l'adoration de Jésus en son Eucharistie que se manifeste surtout leur dévotion au Sacré-Cœur, et c'est dans la sainte communion qu'ils se plaisent à lui témoigner leur amour.

C'est par milliers qu'on compte les membres des patronages de tout genre, qui s'approchent de la sainte table à toutes les grandes fêtes de l'année ; chez un grand nombre, la communion de chaque mois est en pleine vigueur, et à un degré plus élevé encore, la communion de tous les quinze jours, même de tous les dimanches, fleurit dans beaucoup d'âmes d'élite, qu'on reconnaît à leur parfum.

Quant à l'adoration du Saint-Sacrement, ces jeunes chrétiens s'en acquittent avec une admirable générosité, soit dans les chapelles particulières des patronages, soit à leurs églises paroissiales pendant les quarante-heures, soit à la basilique de Montmartre. A la paroisse, comme à Montmartre, ce sont les heures de la nuit qu'ils consacrent à ce grand acte de foi, d'amour et de réparation publique. Ils se reposent de leur travail de bureau, de magasin ou d'atelier, par ce divin travail de l'âme qu'on appelle la prière, et on les voit, après leur nuit d'adoration, retourner dès le matin à leur labeur quotidien, ayant veillé, médité, fait pénitence, en guise de sommeil.

Là comme partout la piété de ces chers enfants
prend des formes particulières, suivant le caractère
de chacun. L'activité de Marthe et la contemplation
de Marie s'y partagent les âmes, comme dans la
maison de Béthanie.

Les uns, ce sont les disciples de Marthe, apportent
dans la manifestation de leur foi le besoin de mouvement et l'ardeur de leur âge. Ceux-là sont les
semeurs dont *la main chemine dans les airs* pour
répandre autour d'eux le germe du divin froment.
Ce sont les chiens du bon pasteur, qui courent de
ci de là pour ramener au bercail les brebis égarées
ou distraites. Ce sont les tambours de la sainte
milice qui battent le rappel ; les clairons qui
réveillent les endormis, marchent les premiers au
combat, et entraînent les retardataires à l'assaut
des collines éternelles, dont Montmartre est l'image.
Pendant les longues veillées de l'adoration, ils prient
ferme et dru, relèvent d'heure en heure les faction-
naires de l'Eucharistie, et assurent, par leur active
vigilance, la régularité des saints offices.

D'autres se renferment en eux-mêmes, et leur
prière, plus intime, garde le caractère d'un tête-à-
tête avec Dieu.

Leur charité ne se noie pas dans l'abîme d'une
méditation égoïste. Ils prient pour leurs frères
comme pour eux-mêmes, et leur prière devient ainsi
le plus fécond des apostolats. J'en ai connu plus
d'un, de ces imitateurs de la grande contemplative
de Béthanie, parmi les enfants de Paris, et, en les

admirant, je me suis redit la parole de Mgr de Ségur : « En fait de dévotion, comme en fait de charité, ces garçons-là sont capables de tout. »

Emmanuel a vingt-deux ans. A le voir passer, grave et doux, comme perdu dans quelque méditation intérieure, vous le prendriez plutôt pour un de ces anges ou de ces saints en oraison dans les tryptiques du moyen âge, que pour un jeune Parisien du dix-neuvième siècle. De lui, comme de saint Louis de Gonzague, on pourrait dire qu'en toute chose, dans ses jeux, dans son travail, dans ses causeries avec ses camarades, il ne perd pas la présence de Dieu. Ses yeux, d'un bleu gris comme le ciel et comme l'acier, révèlent une âme où la douceur s'allie à une invincible fermeté. — Quand il prie, son attitude est toute une prédication. Son signe de croix, large, solennel, sans affectation, rappelle celui du P. de Ravignan. Il entre dans la prière comme si c'était le Paradis. Quelle contemplation ! quel isolement de tout ce qui se voit, se touche, s'entend ! Quelle simplicité dans cette grandeur !

Et quel sourire gracieux et charmant il rapporte de ce monde de la foi et de l'amour où il se plonge et d'où il sort avec la même sérénité ! Devant cette expression de pénétrante bonté, les railleries expirent sur les lèvres des plus étourdis ; les moins dévots n'osent rire, même tout bas ; ils détournent la tête, passent leur chemin sans rien dire ; et dans le fond du cœur, Emmanuel le Mystique est celui de leurs compagnons qu'ils estiment, qu'ils respectent le plus.

11.

Touché de la piété de ces généreux chrétiens, l'archevêque de Paris a autorisé l'exposition et l'adoration du Saint Sacrement une fois par an, dans toutes leurs sociétés, chacune à son tour. Ce dimanche-là, la chapelle du patronage désigné res· plendit de lumières, de chants et de prières ; une couronne d'enfants, d'adolescents et de jeunes hommes entourent le Corps sacré du Sauveur comme une garde d'honneur et d'amour. Ils prient, adorent, pour ceux qui vivent sans prière, sans vertu, qui blasphèment le Dieu de leur mère, le Dieu de leur première communion. Les adorateurs, les cantiques, les pieux offices se succèdent sans interruption du matin au soir, et la journée, commencée par la communion, s'achève dans la sublime action de grâces du *Magnificat*, et la bénédiction solennelle du Saint Sacrement.

En sortant d'une de ces journées divines, l'âme débordante des plus douces émotions, j'essayai de les traduire dans les strophes suivantes, dédiées à cette élite des enfants de Paris, comme un témoignage de ma religieuse sympathie, de mon tendre dévouement, j'ose dire de mon respect :

AUX JEUNES GENS CHRÉTIENS

C'est dimanche. Paris boit, travaille et blasphème.
La femme et les enfants, près du foyer sans feu,
Se regardent muets, mornes, la face blême,
Délaissés de l'époux, et du père, et de Dieu.

Ils ont tout oublié : le chemin de l'église,
Et la Vierge, et les saints, et le Sauveur Jésus,
Et ce doux Paradis, cette terre promise,
Où l'on s'aime, où l'on prie, où l'on ne pleure plus.

On voit de tous côtés monter comme un déluge
Les flots de la débauche et de l'impiété,
Et le Dieu tout puissant, créateur, maître et juge,
Par un peuple en délire est partout insulté.

O Seigneur, en vos mains qui retiendra la foudre
Prête à tomber du ciel sur l'ingrate cité ?
Qui vous empêchera de le réduire en poudre,
Ce monde criminel contre vous révolté ?

Qui l'en empêchera ? Voyez dans ces églises
La victime d'amour offerte sur l'autel.
Voyez ces bonnes sœurs, noires, blanches ou grises,
Priant, pleurant sans cesse aux pieds de l'Éternel.

Qui l'en empêchera ? Tandis que tout sommeille,
Voyez ces pèlerins, au mont du Sacré-Cœur,
Menant leur sainte garde et prolongeant leur veille,
Devant l'Agneau divin, de la haine vainqueur.

Qui l'en empêchera ? Voyez cette chapelle
Où monte le parfum des fleurs et de l'encens,
Où de mille flambeaux la lumière étincelle,
Où la foi pure éclate en célestes accents.

Autour de l'humble autel, voyez cette couronne
D'enfants, de jeunes gens sans reproche et sans peur,
Se donnant à Jésus, à qui Jésus se donne,
Et passant leur journée aux pieds du Dieu Sauveur,

O moment ineffable ! ô défilé sublime
De ces adolescents familiers du saint lieu !
Baiser eucharistique ! épanchement intime
Du Christ et du chrétien, de l'âme avec son Dieu !

— Le soir vient. Quoi ! la fête est déjà terminée ?
Tout s'éteint, et la nuit va remplacer le jour.
Ne restera-t-il rien, après cette journée,
De nos longs entretiens de prière et d'amour ?

Amis, ne craignez point. En Jésus tout demeure ;
Tout au livre de vie est inscrit et compté.
Dieu rend des mois, des ans, à qui lui donne une heure ;
Le temps est à lui seul comme l'éternité.

Priez toujours ! Qui sait si le cri de vos âmes,
Dominant le blasphème, étouffant les mépris,
Du tonnerre allumé n'éteindra pas les flammes ;
Si le salut de tous n'en sera point le prix ?

Autrefois, par la main de Jeanne la Lorraine,
Dieu purgea notre sol de ses envahisseurs :
Qui sait, si votre amour, plus puissant que la haine,
Ne viendra point à bout de nos démolisseurs ?

LA SAINTE VIERGE MARIE

Jésus-Christ est le fils de la Vierge Marie aussi
véritablement qu'il est le Fils de Dieu. Dans l'Évangile, il prend et reçoit indifféremment le nom de Fils
de Dieu et celui de Fils de l'homme; et la nuit
même de la Passion, interrogé par le grand-prêtre
Caïphe, qui l'adjure solennellement de lui dire s'il
est le Christ, Fils de Dieu : « *Tu es Christus, Filius
Dei?* » après avoir répondu : « Je le suis, *Ego sum*, »
il ajoute : « et vous verrez le Fils de l'homme assis
à la droite de la majesté de Dieu », affirmant ainsi,
avec une suprème énergie, l'union indissoluble en sa
personne sacrée de la nature divine et de la nature
humaine.

Marie, mère de Jésus, est donc la mère de Dieu
fait homme, et elle a le droit de lui dire, comme le
Père céleste lui-même : « Vous êtes mon fils et je
vous ai engendré, *Tu es filius meus, ego gênui te.* »

Nous aussi, chrétiens, frères de Jésus-Christ,
membres de son corps mystique, nous pouvons dire
en toute vérité à celle qui l'enfanta : « Vous êtes
notre mère. » C'est à tous les hommes que le

Sauveur expirant l'a donnée, en la donnant à saint Jean. Mais s'il est permis de distinguer là où l'Évangile ne distingue pas, nous osons dire que, parmi les enfants des hommes, les jeunes gens ont le droit et le devoir très doux d'aimer et d'honorer Marie plus que les autres, car c'est dans la personne d'un jeune homme comme eux, de ce bienheureux disciple *que Jésus aimait*, qu'il a légué sa mère au genre humain.

Que ce soit là, ou non, l'origine de la dévotion de nos jeunes gens parisiens à la sainte Vierge Marie, cette dévotion existe; elle tient une grande place dans leur âme et pour un bon nombre, elle est la lumière et la force de leur vie. Après le sanctuaire du Sacré-Cœur à Montmartre, celui de Notre-Dame des Victoires leur est cher entre tous, et c'est avec bonheur que plusieurs d'entre eux ont accepté le glorieux mais pénible service de brancardiers dans les grands pèlerinages de malades à Notre-Dame de Lourdes.

Il est singulièrement touchant de voir ces adolescents, ces jeunes gens, au milieu de la corruption de Paris, malgré les infâmes sollicitations des mauvais camarades, des vitrines, de la caricature, de la presse, garder l'honneur de leur âme et de leur corps, dans la contemplation intérieure de la pureté divine de Marie, respirer le parfum de sa virginale maternité, et, le lys d'Israël sous les yeux, s'avancer sans défaillance dans l'étroit sentier d'une chasteté héroïque. Floraison charmante et sublime d'innocences et de pudicités qui feraient sourire plus d'une jeune fille de nos jours, et que les salons des classes encore régnantes ne connaissent plus, si elles les ont jamais connues.

J'en sais, de ces jeunes gens de vingt ans et plus, qui ont grandi sous les yeux de la Vierge Marie, dans son intimité, sous sa tutelle virginale et maternelle, comme Jésus enfant, adolescent, jeune homme, au foyer de Nazareth. Le nom d'enfant de Marie leur sied aussi bien qu'aux plus pieuses jeunes filles des confréries de la Vierge, ce qui ne les empêche pas d'être des hommes, dans toute la force et la beauté du terme. Le mal qu'ils ne commettent pas, ils le connaissent, le dominent, le méprisent, et ils traversent toutes les fanges parisiennes, sans y contracter une souillure.

Ils professent noblement leur foi au milieu de ses détracteurs; comme les chevaliers du moyen âge, ils portent haut les couleurs de leur dame immaculée, et la défendent envers et contre tous. Un d'entre eux, pendant son service militaire, poussait la fierté, la témérité même de sa foi, jusqu'à porter son scapulaire, à la barbe de ses camarades ébahis; quand il se couchait, quand il faisait sa toilette de soldat, ce petit morceau d'étoffe bleue, consacré par la bénédiction de l'Église, gage de la protection divine, s'étalait, se balançait sur sa poitrine comme un drapeau qui flotte au vent. D'abord quelques beaux esprits de la chambrée s'avisèrent de rire et de le railler : il haussa les épaules et ne répondit rien. Ils insistèrent et, passant du chrétien à l'objet de son culte, ils osèrent proférer des blasphèmes contre la Mère de Dieu. Alors il se redressa et, les regardant dans les yeux, il leur dit : « Blaguez-moi tant que vous voudrez, je m'en moque ; vous ne m'en direz jamais autant que je m'en dis à moi-même. Quant à outrager la Sainte Vierge Marie, je vous le défends, vous entendez, et si vous y revenez, je vous administrerai une râclée catholique, apostolique et française, dont vous vous souviendrez. » Comme il avait une taille de cuirassier, des muscles et des poings *à tomber* un bœuf, ils se le tinrent pour dit, avalèrent leur langue, et respectèrent des convictions si solidement appuyées.

Exemple à admirer, mais point à imiter, pour qui n'a pas à sa disposition les arguments frappants de ce terrible enfant de Marie.

Un autre chevalier de Notre-Dame, qui n'a rien d'un cuirassier, celui-là, mais qui, dans un corps délicat, porte un cœur de lion, nous exprimait en ces termes, dans une lettre qu'il faudrait citer tout entière, sa tendresse filiale pour la sainte Mère de Dieu :

« ... *Ave Maria !* Oui, je vous salue, Marie, vous qui m'avez toujours soutenu dans mes peines, qui avez toujours exaucé mes prières. Que de grâces ne vous ai-je pas demandées ? Du travail ? Je n'en ai jamais manqué ! Des conseils ? Ils ne m'ont jamais été refusés ! Des grâces de guérison ? Au lendemain du jour où, avec une grande confiance, je vous avais récité ma dizaine de chapelet, celui

pour lequel je vous implorais allait déjà mieux. —
O Marie, vous nous aviez donné un Sauveur ; et
vous exaucez toutes les demandes que vos enfants
vous adressent. Comment vous remercier? Que ne
ferais-je pas pour vous défendre? Si pour l'honneur
de votre nom et celui de votre adorable Fils, il vous
fallait mon sang et ma vie, prenez-les ; ne vous
appartiennent-ils pas? — Ah ! monsieur, je vous
prie de m'excuser ; mais, quand je parle de la sainte
Vierge, les larmes me viennent aux yeux ; je ne suis
plus que comme un enfant qui parle d'une mère qu'il
aime de toutes ses forces. Oh ! aidez-moi, je vous en
supplie, à la remercier des bontés qu'elle a pour un
pauvre humain, trop faible pour rendre à celle qu'il
aime les hommages qui lui sont dus ! »

Gabriel n'aime pas la sainte Vierge Marie plus que
ceux dont je viens de parler, mais sa vie lui est
encore plus intimement consacrée. Il avait douze
ans : au lendemain de sa première communion,
rayonnant d'innocence et d'amour, les lèvres encore
teintes du sang eucharistique, il tomba malade d'une
fièvre typhoïde. Le mal s'aggrava de semaine en
semaine, et bientôt un dénouement fatal parut iné-
vitable. Sans force, sans voix, sans mouvement,
l'enfant était étendu, aussi blanc que ses draps,
plongé dans une somnolence qui ressemblait à la
mort.

La mère, penchée sur lui, le couvait d'un regard
plein d'angoisses, prête à recevoir son dernier
soupir. Tout à coup, il ouvre les yeux, et d'une voix

distincte : « Mère, dit-il, donne-moi un chapelet. »
La pauvre femme, étonnée, éperdue, cherche, ne
trouve rien ; et, par une inspiration subite, elle court
à Notre-Dame des Victoires, achète un chapelet, le
fait bénir, et le rapporte à son Gabriel. Il la regarde,
lui sourit, lui demande de le lui passer autour du
bras, puis il repose sa tête sur l'oreiller et s'endort
d'un profond sommeil.

Cette fois, ce n'était plus le sommeil précurseur
de la mort : c'était le sommeil bienfaisant, messager
de la vie. Quand l'enfant se réveilla, il était sauvé.
Sa convalescence fut rapide, sans incident, sans
rechute, et de ce moment, le petit ressuscité appartint pour toujours à la Vierge Marie. Son caractère,
déjà sérieux, prit une teinte de mysticisme qui ne fit
que grandir avec l'âge. Il semblait parfois vivre entre
ciel et terre, et partout, en classe, à la récréation,
jusque dans les jeux bruyants des écoliers, il portait
comme un reflet de l'au-delà, un moment entrevu et
touché.

Sa mère me racontait que, pendant ses vacances
à la campagne, il aimait à promener sa rêverie solitaire dans les champs, sur les collines, regardant le
ciel, écoutant chanter les oiseaux dont la prière montait avec la sienne, et poursuivant avec sa divine
Mère son colloque mystérieux. Avec ses camarades,
et plus tard avec ses amis, il redevenait gai, joyeux,
aimable et d'une complaisance sans mesure. Dans
les soirées récréatives de son patronage, il jouait la
comédie avec entrain et paraissait s'y donner tout

entier. Mais il n'y était pas dans son élément, et il en sortait avec bonheur, comme un jeune arbre courbé par une force étrangère reprend, dès qu'il est libre, sa position naturelle et relève sa tête.

L'âge du régiment arriva et trouva Gabriel tel qu'il était au lendemain de sa guérison. Chrétien simplement, sans ostentation mais sans faiblesse, il s'y fit respecter, aimer de tous, par la dignité de sa vie et la bonté de son cœur. Il passait ses soirées et ses dimanches au séminaire, avec les séminaristes soldats ; et même à la chambrée, même à l'exercice, il adorait Jésus et invoquait Marie dans le sanctuaire de son cœur. Ses heures de faction, la nuit, n'étaient qu'une série d'élévations de son âme à Dieu ; heures chères entre toutes, qui s'écoulaient en pieuses rêveries, loin des grossièretés et des impiétés inconscientes de la caserne.

Une lettre qu'il m'écrivait au soir de l'Assomption, et qui vaut la peine d'être transcrite, permettra à ceux qui seraient tentés de mettre en doute mes souvenirs de constater qu'ils sont la reproduction fidèle de la vérité :

« Aujourd'hui mon âme est remplie d'une suave allégresse, tout me sourit, et la beauté de ce jour béni vient ajouter à l'enthousiasme qui m'envahit tout entier. J'ai passé hier la plus grande partie de la journée avec M. l'abbé X... Je ne m'arrête pas sur les douces impressions qui m'ont assailli, et je viens tout de suite au récit de cette magnifique journée, fête de l'Assomption. — Cinq heures moins

un quart. Un roulement prolongé de tambour éveille
la caserne ou plutôt ses involontaires habitants.
Vite, un coup d'œil sur le ciel : temps superbe.
Quel bonheur ! La toilette matinale est vite expédiée,
un coup de brosse par ci par là, et me voilà prêt à
partir. Quelques marches descendues, un rapide
salut au chef de poste ; me voici en route pour la
chapelle du grand séminaire. Le soleil levé depuis
quelque temps éclaire franchement la matinée, sans
lui donner encore sa chaleur sénégalienne. Quelques
pas de plus, je suis arrivé.

« Après quelques paroles échangées avec le cher
abbé, la messe commence. Avec quelle joie et quelle
douce satisfaction j'ai communié des mains de cet
ami tant affectionné que Dieu a mis sur ma route !
Depuis longtemps je n'avais éprouvé tant de bonheur.

« Si le chemin de la vie est bordé d'épines, combien il est doux et facile pour le chrétien d'en cueillir
les roses ! Q'importe les minces déchirures ? La
récompense est si belle !

« J'ai longuement parlé hier avec monsieur l'abbé.
Il a pénétré tout entier dans ce cœur un peu sau-
vage que je porte en moi, et j'ai pu lui dire enfin tous
mes sentiments, mes désirs, mes espérances. Avec
quelle joie délirante j'ai essayé de peindre ce chant
si tendre, si délicat, qui s'élève de mon âme pour
aller vers Jésus et Marie !

« Oh ! oui, mon cœur chante toujours cet hymne
d'amour dont Dieu lui-même est l'auteur, puisqu'il

est le Maître, puisque je suis sa créature. Comme
aux premiers jours de l'adolescence, je ressens au
plus intime de mon être ces sensations divines qui
font que je suis heureux. — Tout vient aider à cela.
Au moment même où je trace ces lignes, quelques
chantres aidés du voisinage modulent leurs chansons, dans le vert remuement des arbres dont ils ont
fait leur palais. Comment rester insensible à ces
choses qui nous touchent et nous environnent?

« Ce matin, un moment, mon âme vola vers les
cieux : maintenant, je considère la céleste patrie, et
je ne me sens point exilé : en priant, ne retrouvé-
je point le divin séjour? Pourquoi faut-il que les
ordres sévères d'un sévère colonel me retiennent
ici? Que ne puis-je près de vous murmurer ces mots
qui vous donneraient tant de joie : « Oh! que je suis
heureux! »

« Chers instants de ma jeunesse, combien vous
m'êtes sacrés. Douce et tendre Vierge, vous n'ou-
blierez jamais, n'est-ce pas? l'enfant qui se jette à vos
pieds, qui met en vous toute sa confiance, et qui,
s'il se trouble quelquefois, trouve et jette toujours,
au moment où il voit l'abîme, un cri d'espérance et
d'amour vers la divine Mère! Jetez un regard vers
ceux qui vous aiment, et qui, le soir, avant de s'endormir, joignent leurs mains et disent confiants :
Souvenez-vous, ô Mère, souvenez-vous! — Vos yeux
demandent grâce, je m'arrête, mais pas sans redire
une fois encore, devant cette Vierge que j'ai devant
les yeux, pour vous et pour ceux que j'aime : *Ave.*

Ave Maria ! Adieu ; n'oubliez pas les cœurs de votre protégé et des siens : ils vous conservent et vous conserveront toujours à la place d'honneur l'autel que vous-même y avez élevé, celui de la plus pure reconnaissance et de la plus profonde affection. » '

Quand on pense que ces élans d'amour, ces chants de joie céleste, toute cette piété, toute cette poésie, sortent du cœur et des lèvres d'un enfant de Paris devenu enfant de la caserne, d'un jeune homme à l'âme pure et au corps robuste, que je puis définir en deux mots : un ange dans un carabinier, on oublie pour un moment les tristesses de cette fin de siècle, les menaces de l'avenir, les égarements de Paris et de la France, et l'on se dit qu'un pays, une ville qui produisent des chrétiens de cette trempe, ne sont pas une ville condamnée ni un pays perdu.

VOCATION

Pendant la première moitié du dix-neuvième siècle, le germe des vocations sacerdotales ou religieuses semblait mort à Paris. Dans les classes élevées, on voyait de loin en loin un fils de famille quitter le monde et ses faux plaisirs pour le séminaire : dans les classes populaires, on ne voyait rien.

Mais cette mort apparente n'était qu'un sommeil, et dès que les œuvres de jeunes gens, patronages, cercles, retraites, eurent pris racine et gagné leur droit de cité dans la vieille capitale, on y vit naître et grandir toute une moisson d'apôtres en herbe, puis en épis et en gerbe, dont cette fin de siècle inspire la bonne odeur, savoure les fruits et nourrit ses forces défaillantes.

Tandis que la Compagnie de Jésus formait dans ses collèges de nombreuses recrues, les petits séminaires de Paris et de province se remplissaient de jeunes gens sortis des écoles des Frères ou des maîtrises paroissiales : cultivés, dirigés par des prêtres d'élites, ils allaient porter partout avec leurs vertus sacerdotales, le joyeux entrain, l'ardeur entreprenante et la bonté expansive du peuple parisien.

Ces ministres de Jésus-Christ, honneur et couronne de leurs familles, de leurs maîtres et de la grande ville qui les vit naître, se rencontrent aujourd'hui à presque tous les degrés du sacerdoce, depuis les petits séminaires et le grand séminaire par excellence, Saint-Sulpice, jusqu'aux maisons d'éducation religieuses, aux cloîtres, aux paroisses qu'ils évangélisent comme vicaires ou qu'ils gouvernent comme curés. En me bornant à ce que j'ai vu et suivi de mes yeux depuis ma jeunesse jusqu'à ce jour, je puis peindre et exposer une galerie de portraits qui ne manquent à mon avis, ni de variété, ni de charme. Je n'invente rien, je ne change rien que les noms, pour ne pas blesser la modestie des originaux.

Philippe n'est pas de ceux qui ont trouvé leur vocation toute faite dans leur berceau. D'ailleurs, ceux-là, s'il y en a, sont rares parmi les enfants de Paris. Sa piété, sérieuse dès sa première jeunesse, a passé par une longue pratique de la charité, avant de s'élever à la volonté du sacerdoce. Ce futur père des âmes a commencé par être le meilleur des fils, le plus paternel des frères.

Devenu de bonne heure chef de famille par la mort prématurée de son père, il est resté plus de dix ans dans le monde, c'est-à-dire dans le travail professionnel et dans le travail des bonnes œuvres, avant de réaliser sa résolution formelle de se consacrer à Dieu. On peut dire que ces dix années furent pour lui comme un noviciat, par le dévouement de tous les jours, le zèle des âmes, l'accomplissement du devoir filial et fraternel. Le divin fils de Marie a vécu trente ans dans l'atelier de Nazareth. Comment s'étonner qu'un de ses appelés en ait passé dix dans un modeste foyer parisien?

Philippe ne quittait ce foyer, où sa mère était retenue par l'infirmité, que pour se dévouer à ses camarades du patronage. Devenu leur président, il était de fait l'assistant du frère directeur temporel, le vicaire du prêtre directeur spirituel de l'association. Il fut un des fondateurs de l'œuvre de saint Benoît-Labre et des petites conférences de saint Vincent-de-Paul, dans les divers patronages de Paris. Il présidait une de ces conférences et contribua dans une large part à leur rapide développement.

Un trait frappant dans sa simplicité prouve la confiance déjà sacerdotale qu'il inspirait à ses jeunes compagnons. Un d'entre eux, irréprochable jusqu'alors, s'était laissé entraîner à une de ces fautes si humiliantes qu'on ne les avoue, même dans l'ombre sacrée du confessionnal, que d'une voix tremblante et la rougeur au front. Eh bien, cet enfant voulut absolument, après l'absolution du prêtre, aller raconter sa faute et son repentir à son grand ami Philippe. « Il me semble, disait-il, que si je ne lui avais pas fait cet aveu et demandé son pardon, il me serait resté quelque chose sur la conscience. »

Est-il rien de plus touchant, de plus honorable

12

pour l'un et pour l'autre qu'une telle confidence? Et s'il est beau de l'avoir faite, n'est-il pas plus beau encore de l'avoir méritée?

A l'inverse de tant de braves gens, jeunes ou vieux, qui se montrent aimables et dévoués partout hors de chez eux, et qui réservent pour la famille le trésor inépuisable de leur mauvaise humeur et de leur désagrément, Philippe était la consolation de sa mère, de ses sœurs, la providence de son jeune frère, dont il est resté le confident, le guide et le meilleur ami. Ce ne fut qu'après le départ de sa bonne mère pour le ciel et de ce cher petit frère pour l'armée, qu'il se crut en droit de suivre sa vocation et d'entrer au séminaire, en passant par le cloître où Dieu ne voulut pas le garder.

Disons, pour achever de le peindre, qu'il y avait un poète dans cet apôtre, et qu'avant de franchir le seuil du séminaire, il voulut laisser à ces chers jeunes gens des patronages, un petit volume de vers simples, pieux et touchants, comme un legs de son esprit, de sa foi et de son cœur. Je doute que le versificateur se réveille en lui, après le séminaire : un prêtre, à Paris n'a guère le temps de rimer. Mais la poésie vivra toujours en son âme pour son bonheur et celui des autres. La prière n'est-elle pas un chant? Le sacerdoce n'est-il pas un divin poème? Et Dieu, le créateur, l'ouvrier suprême, n'est-il pas le poète éternel, l'*alpha* et l'*oméga* de toutes les beautés, de toutes les énergies, de toutes les existences? O prêtre de Jésus-Christ, cher Philippe, gardez donc toujours en votre âme le trésor sacré de la poésie, et puissiez-vous, à la fin de votre vie, présenter à Dieu un poème plus beau que l'Iliade et l'Enéïde, que la divine comédie du Dante, que tous les poèmes humains, le poème des âmes consolées, illuminées, déifiées par votre sacerdoce.

Avant de quitter le séminaire, je veux vous envoyer un tendre souvenir, chers enfants du cercle des Francs-Bourgeois et du pensionnat de Passy, fleurs choisies du céleste jardinier, qui êtes allés exhaler vos parfums et cacher votre croissance mystique dans l'enclos béni de Saint-Sulpice. Je salue en vous les futurs apôtres de cette jeunesse de Paris dont vous sortez, les semeurs de la bonne nouvelle parmi ces populations replongées dans les ténèbres du paganisme, immenses troupeaux sans pasteurs, sans espérance, sans échappées vers le ciel, qu'il faut renouveler dans l'eau du baptême, dans les larmes de la pénitence et dans les flammes du Saint-Esprit.

Les prêtres de ma galerie parisienne sont comme les jours : ils se suivent et ne se ressemblent pas. Après Philippe, voici *Salomon*, que je nomme ainsi parce qu'il naquit petit cousin de David et qu'il devint grand constructeur de temples. Séparé par un coup de providence de la race d'Israël, baptisé au berceau, envers et contre tous, il fut dès sa naissance, un apôtre de Jésus-Christ. Autour de lui tout le monde, père, mère, frère et sœur, se précipita dans le baptême, grandit dans la piété fervente, et offrit le spectacle d'une famille chrétienne telle que notre temps n'en connaît plus. On eût dit qu'ils étaient donnés en exemple et en preuve d'une vérité trop oubliée de nos jours : à savoir que, si les juifs demeurés juifs avec la tache du sang divin sur le front, la haine de Jésus-Christ dans le cœur, sont un fléau pour les nations chrétiennes, les juifs baptisés, retrempés dans l'eau baptismale, dans le feu de la sainte charité, deviennent la force et l'honneur du sacerdoce et du peuple fidèle. Pensez aux frères Ratisbonne, aux frères Lehman, au père Hermann, et à tant d'autres !

Mon abbé Salomon en est un exemple non moins frappant et encore plus original. La puissance de volonté de sa race, ce don d'attirer l'argent, de le cultiver et de le transformer en or, facultés funestes au service de l'erreur et de l'égoïsme, transfigurées et mises par ce néophyte au service de la vérité et de la charité, enfantèrent des merveilles.

Pendant des années on le vit semer, faire sortir de terre comme par enchantement des églises, des maisons de secours, des écoles, des œuvres de toute sorte. Envoyé par l'autorité épiscopale partout où il y avait quelque chose à fonder, il allait comme par bonds, d'un bout à l'autre de Paris, de sommet en sommet, de Belleville à Montmartre, se faisant ouvrir toutes les portes et toutes les bourses, même celles de l'hôtel de ville. Il ne venait pas offrir un argent tentateur, il venait en demander, et on le recevait à bras ouverts, et il repartait les mains toujours pleines.

Arrêté pendant la Commune, il s'échappa, comme
Saint-Pierre, de la prison où le retenait la nouvelle
Jérusalem, et se remit bientôt à l'œuvre, toujours
entreprenant, toujours béni dans ses entreprises.
Son poème sacerdotal, à lui, est un poème de pierre,
d'églises, de maisons hospitalières, dont les cloches
et les malheureux rediront longtemps les beautés.
Et voilà ce que peut devenir un enfant de Paris,
quand il a une goutte du sang d'Abraham dans les
veines, l'onction sacerdotale sur le front, et la
charité de Jésus-Christ dans le cœur !

En l'abbé *François*, c'est l'onction et la doctrine
de Saint-François de Sales qu'on a vu revivre, doctrine si forte dans sa douceur, si tendre dans sa
sainteté. Qui eût dit à cet enfant de l'école des
Frères, à ce fils modeste et silencieux d'un petit
commerçant de Paris, à ce jeune employé destiné
par son père à grandir près de lui dans un travail
honorable mais vulgaire, qu'il serait un jour employé
au service des âmes, directeur de consciences, confesseur de religieux et de grandes dames, propagateur autorisé de la doctrine du saint évêque de
Genève ? Il en fut ainsi cependant, et c'était un beau
spectacle, mieux que cela, une grande leçon, de
voir ce jeune prêtre, encore nouveau dans le sacerdoce, recevoir les confidences de personnes d'un âge
et d'un rang élevé, dont il aurait pu être le fils, et
qui l'appelaient : mon père. Il les dirigeait, avec
l'autorité et la sûreté d'un vieillard, dans les voies
les plus avancées de la dévotion, et elles l'écoutaient

12.

avec une docilité de petits enfants. Sur son visage altéré, avant le temps, par des souffrances déjà longues, brillait je ne sais quel reflet de l'âme et de la piété du grand Saint, son ami céleste, l'inspirateur et le guide de toute sa vie spirituelle. Plusieurs, en le regardant, pensaient à Saint-François de Sales.

Voici maintenant un saint religieux, vivant, agissant, prêchant en enfant de Paris sous le manteau de Saint-Dominique. L'entrain, la dévotion, la contemplation de Marie et l'activité de Marthe, se disputent son âme où plutôt y sont installés et y vivent en bonne harmonie. Il est l'apôtre des petits, des troupeaux sans pasteur, des déshérités de ce monde, desquels il est sorti en prenant pour héritage la pauvreté monastique et la croix de Jésus-Christ. Pour le peindre avec les paroles de celui même qui l'a enfanté à la grâce du sacerdoce, formé au ministère des âmes, je ne puis mieux faire que de reproduire les conseils écrits à son adresse par le grand apôtre des enfants de Paris, Mgr de Ségur. La vie du Dominicain qui s'appelait Pierre avant son entrée en religion, n'est autre chose que la mise en œuvre de ce qu'on va lire :

« Je suis convaincu que tu entres comme il faut dans ta belle vocation de *frère-prêcheur*. N'en sors pas : on en sort par la porte de la prédication transcendante, de la prédication philosophico-politico-catholique, ou encore de la prédication scientifique et métaphysique, inintelligible à la plupart des

fidèles, inutile par conséquent, et que le bon Dieu
ne bénit pas, bien qu'on la larde de citations de
saint Thomas, qui n'en peut mais... Toi, mon petit
Pierre, tu seras toujours pour tes frères un *frère-
prêcheur* et non un monsieur prédicateur... Il faut
toujours parler pour les petites gens ; ce n'est qu'à
cette condition que l'on se fait comprendre des
grandes gens. Quand on parle grandement pour les
grands esprits, ils ne comprennent pas, ni les petits
non plus. Un prêtre en chaire doit être compris par
tout son monde, comme jadis Notre-Seigneur et ses
apôtres.

« Par charité, ne prêche jamais longtemps ; c'est
le grand moyen d'attirer les gens et de faire un bien
plus net. Sois très simple, très bon, très net dans
ta parole. Encourage toujours les pécheurs lorsque
tu les as secoués. Tâche de mêler toujours à tes
discours quelque petit trait, pour servir de signe sensible à la doctrine et pour la graver dans la tête des
gens. La grosse affaire, après la prière et la prépa-
tion qu'il faut soigner beaucoup, c'est de ne jamais
chercher à dire de belles choses, ni à plaire aux gens
d'esprit devant qui on parle, mais à qui on ne parle
pas ; ce sont de bonnes choses, d'utiles et saintes
choses qu'il faut dire aux âmes, afin de leur faire
mieux connaître, mieux servir, mieux aimer Notre-
Seigneur et son Église. Suppose les gens meilleurs
qu'ils ne sont ; c'est le grand moyen de les améliorer. »

Voilà pour la prédication : voici maintenant pour
la confession et le ministère en général.

« Les détails que tu me donnes sur les débuts de ton ministère m'ont vivement intéressé. Sois bien bon, bien miséricordieux aux pauvres âmes. Tu verras, à mesure que tu avanceras dans la vie, qu'on ne prend pas les hommes par la tête, mais par le cœur, et que la plupart de ceux qui font le mal, le font par faiblesse, ou par légèreté, ou par ignorance; les méchants proprement dits sont en très petit nombre. Voilà pourquoi Notre-Seigneur est si miséricordieux pour nous, sans léser sa justice : il nous traite avec compassion, et non avec colère. Faisons comme lui.

« Notre-Seigneur bénira ton bon cœur et fécondera ton ministère... le cœur, quelle folie de l'étouffer, sous prétexte qu'il y a des dangers de ce côté-là! De quel côté, grand Dieu, n'y a-t-il pas de dangers? Le cœur, le bon et tendre dévouement, le vrai amour, c'est la vie et la joie, la fécondité et le bonheur. Sans cela, le prêtre, soit au confessionnal, soit en chaire, soit la plume à la main, soit à genoux devant le bon Dieu, n'est plus qu'une lumière électrique, inféconde et froide. On ne peut pas trop aimer, on n'aime jamais assez. Qui aimera autant que Jésus?... »

Achevons ces citations par ce petit mot à l'adresse des jeunes gens auxquels sont consacrées ces esquisses parisiennes : « Sois joyeux avec toute cette jeunesse. La joie, comme la douceur, pénètre bien plus avant que toute autre méthode. Les jeunes gens ont horreur du triste, du glacial, du raide, de l'ennuyeux. Adieu, cher enfant de mon cœur. *Sois Jésus* en prêchant, en confessant, en sacrifiant, en causant, en faisant toutes choses... »

C'est parce qu'il mit en pratique ces conseils et qu'il fut, qu'il *est Jésus* partout et toujours, que le *petit Pierre*, fils d'un pauvre ouvrier parisien, devenu fils de saint Dominique, est béni dans son ministère, et qu'il fait honneur aux enfants de Paris dont il a gardé le bon cœur, la joyeuse simplicité d'esprit, le goût des petites gens et des grandes choses, et par dessus tout, un amour de Jésus-Christ et des âmes à réchauffer des glaçons, à attendrir des pierres et à ressusciter des morts.

Il est sorti comme *petit Pierre*, d'une honnête famille parisienne, ce prêtre éminent qui, dans une fête de charité, racontait avec un charme et une simplicité dignes de saint François de Sales, les souvenirs de sa petite jeunesse. — Il rappelait qu'étant élève des frères, âgé de douze ans, il avait été initié au service des pauvres par Mgr de Ségur. Le saint aveugle lui donnait chaque dimanche une pièce de quarante sous, qu'il allait porter tout seul chez une vieille femme sans ressources, sans parents, sans amis. — « Elle m'appelait *mon petit monsieur*, disait-il ; et vous jugez si j'étais fier de cette appellation, moi qu'on ne traitait guère que de gamin, de bout d'homme, de moucheron, que sais-je ? »

L'aimable prêtre évoquait avec la même simplicité, devant son auditoire de jeunes gens, le souvenir de sa mère qui s'était retirée aux environs de Paris, et élevait des poules, son plus grand amour après Dieu et son fils. Il expliquait les artifices employés par cette bonne mère pour faire pondre et couver ses poules, et il proposait, en spiritualisant cette méthode, de l'appliquer aux personnes un peu rebelles à donner, un peu dures à la détente, pour exciter leur charité et les transformer en poules aux œufs d'or, au bénéfice des pauvres.

Ces gracieuses naïvetés, ces riens charmants, ces souvenirs modestes et touchants, tombés des lèvres d'un prêtre si distingué, par son éloquence et sa situation ecclésiastique, firent mieux que ravir ses auditeurs. Ils lui gagnèrent le cœur de ces braves enfants de Paris dont il s'honorait d'être frère par son origine, et leurs acclamations saluèrent en lui plus qu'un grand orateur, plus qu'un dignitaire du clergé, une grande âme.

Voici enfin, car il faut se borner, le dernier venu de ma galerie, le plus humble peut-être, dont la vocation ecclésiastique révèle le pur amour de Dieu et l'absolu désintéressement. Est-ce parce qu'il est écrit : « Quiconque s'abaisse sera élevé », qu'il a été placé, au sortir du séminaire, dans une paroisse dont l'église domine Paris ? En tout cas, ce jeune prêtre est très haut placé dans l'estime et l'amour de ceux qu'il évangélise. Humble, petit et orphelin, il se donne de préférence aux humbles et aux petits qui lui tiennent lieu de parents.

Il aurait pu se créer ou plutôt accepter une famille, un foyer, une fortune qui s'offraient à lui. Déjà

décidé à se consacrer à Dieu, il se trouvait à des eaux
pour sa santé, et là, il fit connaissance d'un vieux
monsieur qui le prit en affection, à cause de son
aimable piété, et de son charmant caractère. Un
matin, la veille de son départ, le bon vieillard lui
dit : « Vous me plaisez, je vous estime et vous
aime. Je suis seul, sans proches parents : voulez-
vous associer votre jeunesse à ma vie au déclin ? Je
vous laisserai après moi mon nom et ma fortune. »
Le jeune homme, ému jusqu'aux larmes, le remer-
cia avec effusion de sa sympathie, lui promit de
prier toujours pour lui, mais lui dit que sa parole
était déjà donnée ailleurs, et qu'il allait entrer au
séminaire.

C'est par cette porte du sacrifice, du mépris des
biens de la terre, que ce jeune prêtre entra dans
le sacerdoce. S'il capte jamais des héritages, ils
consisteront en maladies gagnées au chevet des
malades, causées par les fatigues excessives du
ministère, en orphelins à nourrir, en misérables à
consoler. Se donner, se dévouer, s'immoler au service
de Dieu et des âmes, ce sera jusqu'au bout la vie de
cet enfant de Paris, devenu prêtre de Jésus-Christ.

O Parisiens, Parisiens ! quels prodiges vous accom-
pliriez si vous reveniez à la religion de vos pères, à
cette Église catholique dont la France fut la fille aînée,
le bras et l'épée ! Redevenez chrétiens, et vous serez
la tête et le cœur du premier peuple du monde.

———————

SAINT LABRE

— « Saint Labre ! C'est bien saint Labre que vous dites ? — Oui, Madame, saint Labre, pour vous servir, ou, si vous aimez mieux, saint Benoît Labre, *débenoitisé* par nos jeunes gens pour alléger la conversation. — Et que vient-il faire parmi vos jeunes gens de Paris ? — Une chose bien simple. Ils l'ont appelé, il vient à eux. — Ils l'ont appelé ! Et pour quel usage, bon Dieu ? Quel rapport ont-ils avec ce.... — Ce quoi, Madame ? — Ce.... ce pouilleux, puisqu'il était fier de ce nom. — Prenez garde, Madame, de répéter cette expression malsonnante et dangereuse, appliquée à un saint. On raconte qu'une belle dame comme vous, élégante, bien lavée, bien coiffée comme vous, ayant qualifié saint Labre comme vous, se réveilla le lendemain, couronnée, ruisselante de vermine. — Fi ! l'horreur ! — Heureusement que le bon saint intercéda pour elle, et que, moyennant un pèlerinage à Amettes, village natal du pauvre de Jésus-Christ, elle redevint propre et nette comme avant, et beaucoup plus réservée dans ses discours. — Vous croyez à cette histoire ? — Pourquoi pas,

13

Madame? On la dit vraie ; c'est un miracle comme
un autre, et la punition me semble légère à côté de
la faute. — Laissons cela, et dites-moi qui a pu
donner à ces pauvres jeunes gens l'idée de prendre
ce saint, extraordinaire avouez-le, pour patron? Car
il est bien leur patron? — Oui, Madame, le patron
des plus chrétiens et des meilleurs d'entre eux. —
Est-ce qu'ils se vêtissent et font leur toilette comme
lui? — Non, Madame. Ils sont très propres, et
s'habillent aussi bien qu'ils le peuvent. — Alors, je
n'y comprends plus rien. — Si vous voulez bien
m'écouter et réfléchir, vous comprendrez, Madame,
et même, ou je me trompe fort, vous admirerez. —
Parlez donc ; j'écoute et n'ouvre plus la bouche. »

Elle écouta, réfléchit, comprit, et admira. Vous
qui pensez peut-être comme elle, lisez, et, j'en suis
sûr, vous l'imiterez jusqu'au bout.

Ce n'est pas un prêtre, un frère directeur, un
supérieur quelconque qui proposa saint Benoît
Labre pour patron et pour modèle aux jeunes gens
chrétiens de Paris, décidés à constituer entre eux une
union de prières et de bonnes œuvres une société
de secours et d'encouragement mutuel à la vertu.
Ils le choisirent eux-mêmes, parce qu'ils trouvaient
en lui un saint français, le dernier canonisé, de
condition modeste comme la leur, qui mourut
jeune et dont la vie fut une lutte et une victoire de
chaque jour contre les deux plus grands ennemis
des jeunes gens, le respect humain et la sensualité.

A la fin du dix-huitième siècle comme du dix-neu-

vième, la France était en proie à tous les excès de
l'impiété et de la débauche, personnifiées dans le
rire satanique de Voltaire et la fange dorée de
Mme Dubarry. Depuis cent ans, les lâchetés et les
vices des classes régnantes n'ont fait que se dépla-
cer ou plutôt se généraliser, et c'est dans le peuple
souverain, dans le peuple du suffrage universel,
c'est-à-dire à peu près tout le monde, qu'ils dominent
de nos jours. Alors, comme aujourd'hui, on n'osait
plus être chrétien, on ne savait plus être chaste :
tout avait disparu, jusqu'au respect, jusqu'à la
pudeur.

Saint Benoît Labre fut envoyé de Dieu pour présenter au monde la contre-partie complète, auda-
cieuse, de cette double apostasie. Sa vocation
étrange, unique, excessive, s'il était possible d'ex-
céder en sainteté, fut d'être le plus libre et le plus
mortifié des hommes : libre, par le mépris absolu
de toute opinion humaine, de ce terrible et stupide
qu'en dira-t-on, éternel mot d'ordre de la lâcheté et
de l'impiété ; mortifié par le mépris de la chair,
poussé jusqu'à la limite extrême qui sépare la vie de
la mort.

A l'affollement du respect humain et de la sensualité, il opposa la sainte folie de ses haillons qu'il
promena en pèlerin sur tous les chemins de l'Europe, sa misère repoussante, sa soif de mépris et
d'injures, son jeûne perpétuel, ses nuits sans sommeil et sans asile.

Mais il eut beau faire, vouloir cacher son nom,

son instruction et sa distinction naturelles, le monde qu'il bravait ne s'y trompa point. A travers ses guenilles volontaires, ses abaissements inouïs, le peuple catholique reconnut dans ce mendiant la sainteté de Jésus-Christ.

Elle rayonnait, cette sainteté divine, par les trous de son manteau percé à jour. Quand il priait, immobile, en extase pendant des nuits entières devant le Saint-Sacrement, on voyait la vertu de Dieu vivre et briller en son âme ; et, tandis qu'à Versailles, suivant l'énergique parole du Père Lacordaire, les adorateurs de Voltaire baisaient à genoux *la robe régnante d'une courtisane*, à Rome, les adorateurs de Jésus-Christ eussent voulu baiser les loques et les pieds poudreux du mendiant Benoît Labre.

A l'heure où les cadavres des plus grands hommes et des plus belles dames se décomposent et soulèvent le cœur, celui du saint pauvre répandait une odeur délicieuse ; et pendant que les vers se repaissaient encore des restes mortels de Louis XV, de Voltaire et de madame de Pompadour, les reliques de Benoît Labre, entourées de lumières et d'hommages, excitaient en tous lieux l'enthousiasme des nations catholiques, qui préludaient par leurs acclamations aux décisions souveraines du Saint-Siège. C'était la voix du peuple devançant et annonçant la voix de Dieu.

Nos jeunes parisiens ne s'y trompèrent pas, et du premier coup-d'œil, ils reconnurent en ce martyr de la foi, de la pénitence et de la chasteté, le patron céleste qu'il leur fallait. Fouler aux pieds le respect humain, braver les sarcasmes, les injures, les violences poussées jusqu'à la persécution ; et, en même temps, étouffer les cris et les révoltes de leurs passions, excitées par toutes les obsessions de la rue, de l'atelier, du magasin, de la mauvaise presse, des mauvais théâtres, des mauvais exemples : Quelle tâche ! Quel labeur surhumain pour de pauvres jeunes gens de dix-sept à vingt-cinq ans, assiégés par les mille ennemis du dehors et les complicités du dedans !

Pour en venir à bout, ce n'était pas trop des énergies de la foi, de la vertu des sacrements, des douceurs de l'amitié et de la fraternité chrétiennes, réunis comme en un faisceau sous le patronage du saint le plus héroïque et le plus mortifié que l'Eglise ait enfanté depuis des siècles.

Ils allèrent donc tout naturellement à Saint Benoît Labre, et ses loques trouées, avec leur suite ordinaire, ne les arrêtèrent pas un instant. Est-ce que, depuis les saints apôtres, Pierre, André, Jean et les autres, qui devaient sentir très fort la vase et le poisson, depuis Saint Antoine et ses légions de moines, depuis Saint François d'Assise et son immense armée de mendiants volontaires, les serviteurs de Dieu ont recherché les vêtements somptueux? Est-ce que leurs pieds nus étaient immaculés? Et depuis quand les raffinements idolatriques de la sensualité contemporaine, renouvelés des païens de la décadence, les bains parfumés de chaque jour, les *tubs* du matin et du soir, ont-ils figuré dans la vie des saints et dans les procès de canonisation?

Ah! les braves enfants de Paris n'y regardent pas de si près, et, quand ils visitent les pauvres, quand ils balaient les taudis et remuent les paillasses de leurs vieillards, ils ne songent même pas à se boucher le nez. Dans leurs ateliers, dans leurs labeurs quotidiens, sans compter les chambrées du régiment pendant les grandes chaleurs, ils en voient, ils en sentent bien d'autres!

Non pas qu'ils ignorent et méprisent les devoirs de la propreté nécessaire et convenable. Ils savent qu'autant l'oubli des soins corporels est respectable et même admirable chez un saint qui se l'impose par esprit de pénitence et par une vocation spéciale de Dieu, autant la malpropreté volontaire, causée par la paresse, par le pur amour de la crasse, est dégoûtante, honteuse et même défendue. Il ne sont pas assez sots pour méconnaître que ce qui fut une vertu chez Saint Benoît Labre serait chez eux un manque de dignité vis-à-vis d'eux-mêmes, un manque de charité vis-à-vis des autres.

D'ailleurs, ils ne sont pas les seuls à faire ces distinctions de bon sens et à les mettre en pratique : le respect du saint pauvre de Jésus-Christ malgré les audaces de sa misère, l'amour des misérables, malgré l'aspect souvent sordide de leurs guenilles et de leurs galetas, ne sont pas le privilège de petites gens. Les chrétiens de toute condition, à Paris comme ailleurs, se donnent la main sur le terrain du sacrifice et de la mortification. Pour n'en citer qu'un exemple, les femmes chrétiennes qui pansent les plaies des cancéreux avec un dévouement héroïque, se recrutent en partie dans la plus haute société parisienne, et on relira toujours avec émotion, dans les annales de la charité, l'histoire de cette grandè dame, à laquelle une vieille infirme longtemps soignée, lavée, peignée, embrassée par elle et ensevelie de ses mains, laissa un héritage vivant dont elle eut quelque peine à se débarrasser.

Chose étrange ! Parmi les jeunes gens d'élite qui composent l'association de Saint Labre, les caractères les plus différents trouvent, dans le culte et les exemples de leur céleste patron, la satisfaction de leur cœur et l'aliment le plus cher de leur dévotion. Qu'ils soient portés à l'apostolat ou à la prière, qu'ils aient à lutter plus spécialement contre le respect humain, la séduction des sens, la paresse, l'emportement ou l'orgueil, ils se rencontrent dans la même admiration de sa vie, dans la même confiance en son intercession.

Prenons pour exemple *Michel*, un des fondateurs de cette généreuse milice. Il mérite ce surnom que je lui donne, par sa ressemblance avec le grand archange qui préside aux combats et qui protège la France. Je ne saurais me le figurer autrement qu'un glaive à la main, un clairon aux lèvres, la croix sur la poitrine. Français et parisien jusqu'à la moëlle, il est soldat par tempérament et par vertu, soldat de

toutes les saintes causes. Il lui faut des champs de
bataille et les temps présents hélas ! ne lui en offrent
que trop.

Malgré les devoirs d'une situation importante
que sa haute intelligence agrandit chaque jour, il
remplit si bien ses heures de loisirs que ses œuvres
de foi et de charité semblent dépasser les forces
d'un seul homme. Son activité et son énergie abrè-
gent les délais et suppriment les distances. Présent
partout, il va ranimant les courages, stimulant les
paresseux, ramenant les fuyards, triomphant de
toutes les résistances par la verve de sa parole,
son infatigable entrain, ses apostrophes véhémentes,
familières ou joyeuses, dans lesquelles se retrouve
l'enfant de Paris toujours vivant dans l'apôtre.

Il parcourt la ville à grandes enjambées, allant
d'une œuvre à une autre, des réunions de Saint-Labre
à celles du syndicat des employés, et des Petites
conférences de Saint-Vincent-de-Paul. Fondateur,
propagateur, semeur d'idées et de choses, il parle,
écrit, agit en même temps, et suscite, malgré ses
boutades et les emportements de son zèle, les plus
ardentes sympathies. Bon gré, mal gré, il faut le
suivre. On grogne parfois, on veut se rebiffer, mais
finalement, on se laisse emporter par ce torrent de
lave parisienne, de belle humeur, de rude fran-
chise, de vaillante charité.

S'agit-il de pèlerinage, il marche toujours en tête.
L'escalade de Montmartre, les nuits d'adoration
passées devant le Saint Sacrement, ne sont qu'un jeu

pour lui. A la fête de Saint-Denis, la vieille basilique le revoit chaque année, entouré de son bataillon de jeunes pèlerins.

On songe à organiser une visite annuelle à Amettes, patrie de saint Benoît Labre : il est de la première expédition et son entraînement communicatif en assure le succès pour l'avenir. Il faut des brancardiers solides et dévoués pour le grand pèlerinage des malades à Lourdes : Michel s'y précipite, s'y donne tout entier, retrempe sa foi et sa charité dans le service des infirmes, dans la vue des misérables qu'il a transportés à demi-morts jusqu'à la grotte et qui repartent de Lourdes avec lui, quelques-uns guéris, beaucoup soulagés, tous consolés.

A Rome enfin, il fait partie du premier pèlerinage ouvrier, et c'est lui qui, d'un accord unanime, est choisi pour porter haut et ferme la bannière des œuvres de jeunes gens devant le Souverain-Pontife, à l'audience solennelle du Vatican. Partout le premier à la peine, il était juste qu'il fût le premier à l'honneur.

L'association de Saint-Labre n'a pas de plus ardent propagateur, et c'est à son cher saint qu'il demande sans cesse la force du combat et la grâce de la victoire contre les ennemis de l'Église, et contre les ennemis non moins redoutables que tout chrétien porte en lui-même, surtout quand il est jeune, et qu'il sent bouillonner en ses veines toutes les ardeurs, toutes les exubérances de la vie.

Joseph, le bon Joseph, fondateur comme Michel

13.

de l'association de Saint-Labre, ressemble autrement que son ardent confrère à leur céleste patron.
Modeste jusqu'à l'humilité dans son extérieur, comme
dans son âme, dans son attitude, dans l'extrême
simplicité de sa mise, il craint les hommes et le bruit
comme la souris craint le chat, et il s'avance dans
la vie, les yeux baissés, mais le cœur haut.

S'il se laissait aller à son amour du silence et de
l'obscurité, il serait presque un contemplatif : comme
saint Joseph qui, dans son atelier de Nazareth, ne
quittait pas des yeux l'enfant Jésus, il travaillerait
en priant, dans l'ombre de son arrière-boutique,
sous le seul regard de Dieu.

Mais, pour imiter Saint-Labre dans son apostolat,
il a voulu prêcher d'exemple, en parcourant silencieux et infatigable les grands chemins de la vie
commune et de la charité. Il est donc resté, même
après la jeunesse, même dans le mariage, assidu
aux réunions des patronages, aux retraites, aux
communions de ses jeunes amis, aux adorations
nocturnes de la paroisse et de Montmartre.

Comme Michel, mais avec une allure tranquille et
d'un pas mesuré, il a pris part aux pèlerinages
d'Amettes et de Rome, et, en le voyant prier à
Saint-Pierre, à l'*Ara-Cœli*, ou à Sainte-Marie-des-
Monts, paroisse où mourut leur saint, les romains
ont pu retrouver sur le visage de ce pèlerin
français si profondément abîmé dans sa méditation,
un reflet de la physionomie du grand pauvre de
Jésus-Christ.

Sa confiance en Saint-Labre est sans bornes. C'est à lui qu'il demande la grâce d'une activité féconde dans la paix, c'est de lui qu'il la reçoit, et il lui ressemble tant par sa modestie et sa simplicité, que sa présence dans les réunions et les pèlerinages de jeunes gens est à elle seule un éloquent apostolat : prédication sans phrase, édification par l'exemple, la meilleure de toutes !

Ce n'est pas seulement l'humilité, le mépris du *qu'en dira-t-on*, et de la sensualité sous toutes ses formes, que les jeunes parisiens, membres de l'Œuvre de Saint-Labre, vénèrent et cherchent à imiter dans leur céleste protecteur. C'est aussi sa dévotion merveilleuse au Saint-Sacrement.

On sait que partout où il séjournait, il suivait d'église en église *l'adoration des quarante heures :* la divine hostie élevée dans l'ostensoir au milieu des fleurs, de l'encens, des cierges enflammés, l'attirait et le retenait, comme le feu attire et retient l'aiguille aimantée. Il demeurait en sa présence, tantôt prosterné la face contre terre, tantôt les bras tout grands ouverts, la tête levée, contemplant son Jésus sur cette croix nouvelle avec la fixité intense et vivante de l'extase. Les fidèles allaient, venaient, se succédaient devant l'autel et l'y retrouvaient toujours.

C'est dans cette adoration qu'il puisait sans cesse les grâces surnaturelles de sa vocation. C'est là aussi que les jeunes chrétiens rangés sous son étendard, viennent chercher la force de la lutte et de la victoire contre toutes les séductions, les misères, les épreuves de la vie parisienne.

On peut dire que l'état-major des jeunes adorateurs du Saint-Sacrement à Paris se compose des associés de Saint Labre : le sanctuaire du Sacré-Cœur à Montmartre est le vrai centre de leur œuvre. Ils s'en sont constitués les gardes du corps, et se succèdent sans interruption sur la Sainte Colline, calvaire de gloire de Jésus présent et régnant dans le monde. Jours de service, heures de garde, tout est réglé militairement. La nuit du samedi au dimanche leur appartient d'un bout à l'autre de l'année, et tous les quartiers de Paris y passent à leur tour. C'est ainsi que les enfants de Paris, disciples de Saint Labre, continuent sa vie d'adoration et de prière, comme ils cherchent à reproduire, toute proportion gardée, son mépris des contradictions humaines et son amour de la pénitence.

Rien n'est touchant comme de voir des adolescents de seize ans s'enrôler bravement dans cette vaillante milice, emboîter le pas de leurs anciens, et chercher dans leur société et leurs exemples des leçons de courage chrétien et de persévérante sagesse. Etre sage à douze ans, en vérité, c'est un jeu d'enfants ; mais de seize à vingt ans, à Paris surtout, c'est un travail d'Hercule. Ils l'entreprennent cependant, et par la grâce de Dieu, par la protection du bienheureux pauvre d'Amettes, ils mènent l'entreprise à bonne fin. Mais c'est une fin qui recule à mesure qu'on y touche, et le combat contre la tyran-

nie du respect humain et des passions dure longtemps pour tous, toujours pour quelques-uns.

Courage donc, généreux enfants de Saint Labre,
ne rougissez pas du chef que vous vous êtes donné,
et portez hardiment comme un étendard ses glorieux
haillons transfigurés par l'Eglise. Avant d'avoir
reçu le baptême du sang divin, la croix que le
monde adore n'était-elle pas un signe de honte et
d'horreur ? laissez les ignorants, les incrédules, les
esprits légers, les gommeux de toute condition,
railler, rire, insulter, blasphémer ce qu'ils ne connaissent pas, et, comme Saint Labre, continuez
votre route en priant pour eux et en glorifiant Jésus-
Christ.

Imitez votre Saint, non dans les étrangetés de sa
mission surnaturelle, mais dans son esprit de force,
de charité et de prière. Destinés à vivre en société,
prenez un soin raisonnable de votre corps, de votre
extérieur, de vos vêtements, car la propreté est une
convenance et une obligation sociale. Mais n'oubliez jamais que la bonne tenue du corps n'est rien
auprès de celle de l'âme, et que la pureté du cœur
est plus belle, plus précieuse mille fois, que l'éclat
des parures et la magnificence des vêtements. —
Porter une âme innocente dans un corps négligé,
c'est un petit malheur dont un coup de brosse et un
morceau de savon font justice en cinq minutes. Mais,
dans un corps vêtu royalement, porter une âme
basse, impudique et lâche, c'est un malheur sans nom
dont Dieu seul peut conjurer les suites éternelles.

Pour moi, les seules beautés, les seuls parfums que j'aime, ce sont les parfums et les beautés des âmes. Le seul rire qui me réjouisse, c'est le rire innocent de l'enfance, le rire expansif de la jeunesse, qui jaillit des cœurs purs comme une fleur éclatante sort d'une tige immaculée. Les seules mains qui me soient douces à serrer, ce sont les mains qui savent se joindre pour la prière et s'ouvrir pour l'aumône. Je suis, avec Jésus-Christ, pour les simples et les humbles de cœur, et je m'honore plus de l'amitié du plus petit des petits enfants de Saint Labre, que de celle des plus grands seigneurs de l'aristocratie juive, financière et politique, qui d'ailleurs ne songent pas plus à me l'offrir que je ne me soucierais de l'accepter.

ATHIS

Nous avons dit et prouvé, si je ne me trompe, que les enfants de Paris sont capables de toutes les transformations. En voici une dernière qui est presque une transfiguration.

Notre Mont-Thabor est la colline d'Athis, *Athismons* dans le langage des indicateurs de chemin de fer; et la tente que rêvait le bon saint Pierre est, pour nos jeunes disciples de Jésus, la belle maison de retraite qui couronne cette montagne bénie.

Autour de la vaste chapelle où le Sauveur réside, et de l'ancien château qui la coudoie, s'étend un parc aux pelouses fleuries, aux arbres superbes, où le soleil et l'ombre s'harmonisent dans une variété charmante. L'âme et le corps y respirent à l'aise, vont de l'ombre à la lumière, en sortent et y rentrent en pleine liberté. Ainsi le cœur du chrétien passe et repasse de l'*Amen* à l'*Alleluia*, de l'action de grâces à l'obéissance, avec douceur et tranquillité.

Tel est le cadre, tel le paysage. Voici maintenant les personnages qui vont l'animer et le spiritualiser.

Entendez-vous là-bas, au pied de la colline, le sifflement de la vapeur qui perce l'air, la respiration haletante de la machine qui se ralentit, puis s'arrête? Les portières du train s'ouvrent, des flots de jeunes gens s'élancent, joyeux, bruyants comme des écoliers échappés de la classe; ils se répandent sur la route, et semblent d'en haut une traînée de fourmis se pressant dans un étroit sentier. Peu à peu, ils se groupent, s'ordonnent et s'avancent, toujours gais et causants, mais avec un commencement de gravité qui monte de leur cœur à leurs lèvres, à mesure que leurs jambes gravissent la sainte montagne.

Les voilà à la grille du château. Elle s'ouvre devant eux, et à peine l'ont-ils franchie que tout bruit cesse, toute agitation s'apaise, toute parole s'éteint. Ce n'est plus une troupe de jeunes gens en rupture de ban parisien : c'est une communauté de religieux qui va du cloître à la chapelle. Jésus, Seigneur et roi de ce domaine, à fait entendre à leur âme la parole toute puissante qu'il adressa aux flots révoltés du lac de Génézareth, et soudain un calme profond a pris possession de tout leur être : *et facta est tranquillitas magna.*

La transformation que j'ai osé appeler transfiguration est accomplie. L'adolescent, le jeune homme, le parisien, ont disparu. On n'a plus devant les yeux que des novices, de jeunes moines, qui prient en marchant et adorent en silence.

Le silence en effet est de règle à Athis, comme

dans les couvents de trappistes. Sauf une heure de récréation après le repas de midi, la bouche des retraitants ne doit s'ouvrir que pour prier et chanter les louanges de Dieu.

On fait à Athis, maison de retraite des frères des écoles chrétiennes, deux sortes d'exercices. Les retraites proprement dites durent trois jours consécutifs et se renouvellent à des époques déterminées. Les autres ne durent qu'une journée, de huit heures du matin à cinq heures du soir, et prennent le nom de *récollection*.

Le chiffre des jeunes gens qui y participent varie avec les saisons et les circonstances. Pour les retraites, à cause du nombre des cellules et des lits, il ne peut dépasser 120 ou 130 au maximum. Quant aux récollections, il est illimité. Pour y prendre part, il suffit d'être membre de la Société de Saint-Labre. Une légère rétribution est demandée à ceux des jeunes gens qui peuvent la payer.

Aux fêtes de la Pentecôte, de l'Assomption et de la Toussaint, naturellement désignées comme époques de retraites, les chers Frères ont bravement adjoint les dates profanes du Carnaval et du 14 Juillet. Leur généreuse confiance n'a pas été trompée, et chaque année, un bon nombre de ces enfants de Paris, si amateurs des réjouissances publiques, mascarades, illuminations et feux d'artifice, courent s'enfermer dans la solitude d'Athis, et consacrent ces folles journées à la prière et à la pénitence. Comme Moïse, ils veillent sur la montagne, les bras levés au Ciel, demandant grâce et salut pour la grande Babylone parisienne.

Dans les récollections, la journée commence par la Messe et la Communion, suivies d'une instruction religieuse, et se termine, après les vêpres, par un sermon et le salut solennel du Saint-Sacrement. Parmi les occupations et les exercices de piété qui se succèdent dans l'intervalle, je n'en indiquerai que deux, particulièrement dignes d'intérêt.

Après l'office du matin et avant le repas du midi, les jeunes gens sont libres de leur temps : ils peuvent l'employer à lire, à se reposer, à se promener dans le parc. Quelques-uns restent dans la chapelle et prolongent leur prière devant le tabernacle où Dieu réside. Mais la plupart préfèrent la promenade qui est une autre forme de méditation.

En effet, le silence étant obligatoire, ils ne peuvent se promener que solitairement dans les allées du bois, et autour des pelouses, admirant Dieu dans les beautés de sa création, et le bénissant d'embellir leur journée de retraite par la jouissance de ses œuvres. Respirer le grand air, s'enivrer de soleil, d'ombre, de la vue et du parfum des lilas en fleurs au printemps, écouter le chant des oiseaux qui célèbrent à leur manière les dons du Créateur, quelle source de joie pure, d'action de grâces, d'élévation de l'âme vers l'éternelle beauté !

Il est vrai qu'ils ne peuvent se communiquer les uns aux autres leurs impressions ; la règle s'y oppose et ils s'y conforment avec une attention scrupuleuse.

Mais dans ces moments sacrés, l'âme tend naturellement en haut : le *sursum corda* s'accomplit de
lui-même, et ces trois quarts d'heure de conversation muette avec leur hôte divin s'écoulent comme
des minutes.

Je me souviens qu'à ma première journée d'Athis,
encore peu familier avec ce sévère et doux règlement, je m'oubliai et adressai une question à un de
ces jeunes gens qui se trouva sur mon chemin. Il
me regarda étonné, puis sourit, mit ses doigts sur
sa bouche et poursuivit sa méditation solitaire. Tous
ceux que j'interrogeai depuis à ce sujet m'ont
répondu que jamais, sur ce point, aucune infraction
n'était faite à la discipline de la maison.

Le second exercice de piété, qui précède le salut,
est le *chemin de la croix*, suivi par tous les retraitants comme un des plus touchants attraits de ces
belles journées. Les quatorze stations monumentales de ce chemin de croix sont échelonnées à
d'assez longs intervalles au bord d'une allée large
et sinueuse qui s'étend sous les ombrages d'un
grand bois.

Un des frères directeurs lit à haute voix une
courte méditation, adaptée aux besoins spirituels
de ces jeunes âmes. Puis toute l'assistance s'incline
et se dirige en chantant les prières d'usage vers la
station suivante. Rien n'est impressionnant comme
cette procession se déroulant sous ces arbres sécu-
laires, ces chants de pénitence sortant de ces lèvres
et de ces cœurs de vingt ans, l'attitude profondément

recueillie de ces religieux improvisés, qui semblent n'avoir pas fait autre chose de leur vie, et qui, tout à l'heure, vont rentrer dans le tourbillon de la mêlée parisienne. Dans cette pieuse solitude, on se croirait à cent lieues de la ville et du monde. Hélas, la ville et le monde sont-là, à quelques kilomètres d'Athis, attendant le retour des jeunes pèlerins, avec leurs séductions honteuses et leurs dangers sans cesse renaissants.

Le retour d'Athis à la station du chemin de fer, puis à Paris, s'opère, comme l'arrivée, dans la joie expansive de la jeunesse et de la bonne conscience. La descente de la sainte colline se fait à grandes enjambées, et pour les plus jeunes, avec des bonds de poulains en liberté. Ils s'entassent dans leurs wagons de troisième classe, emportant de ces heureuses journées le souvenir de plaisirs sans remords, de prières sans ennui, et une ample provision de grand air, de résolutions généreuses ; puis ils se dispersent dans Paris, le cœur plein de gratitude envers les bienfaiteurs de leurs âmes, et d'amour reconnaissant envers Dieu, le bienfaiteur initial et suprême, le sauveur unique de tous ceux qui veulent être sauvés.

Quelques-uns, les plus avancés dans la pratique du bien et dans la science de la vie, en rapportent des grâces plus précieuses et plus rares, et plus d'une vocation ecclésiastique ou religieuse s'est précisée, fortifiée et décidée à la chapelle d'Athis, au chemin de croix, à l'ombre et à la lumière de la maison du bon Dieu.

Qu'on nous permette, pour compléter ce dernier chapitre d'un ouvrage consacré à ces chers enfants de Paris, si intéressants par leurs heureuses facultés, leur esprit, leur excellent cœur, et aussi par les épreuves de leur existence, de citer une courte poésie, sorte de cantique que les supérieurs des chers frères m'avaient demandé pour l'inauguration d'une statue de Jésus adolescent, élevée par eux dans leur parc d'Athis.

Ces quelques vers, sortis de mon cœur, résument ce que j'espère de ces aimables jeunes gens, ce que j'admire déjà chez beaucoup d'entre eux.

Jésus adolescent et les jeunes gens

JÉSUS

Enfants préférés de mon père,
Jeunes gens que j'aime entre tous,
Voulez-vous passer sur la terre
En restant purs, vaillants et doux?
Au milieu d'un monde infidèle,
Voulez-vous garder votre foi?
C'est moi, Jésus, qui vous appelle :
Enfants de Dieu, venez à moi.

LES JEUNES GENS

Nous voici, divine Sagesse,
Pur amour, unique beauté!
Jésus, roi de notre jeunesse,
Nous vous jurons fidélité.

JÉSUS

Voulez-vous posséder vos âmes
Dans la paix, la force et l'honneur?
Epurez-les aux saintes flammes
Dont le foyer vit en mo   cœur.

Appuyez-vous sur ma poitrine,
Comme l'apôtre virginal.
Remplis de ma grâce divine,
Vous serez à l'abri du mal.

LES JEUNES GENS

Nous voici, divine Sagesse,
Pur amour, unique beauté !
Jésus, roi de notre jeunesse,
Nous vous jurons fidélité.

JÉSUS

Foulant aux pieds les railleries,
Voulez-vous rester mes soldats ?
Venez en ma sainte énergie
Puiser la force des combats.
Mon cœur sera votre refuge
Contre la crainte et les remords.
Ne suis-je pas l'éternel juge,
Le Dieu des vivants et des morts ?

LES JEUNES GENS

Nous voici, divine Sagesse,
Pur amour, unique beauté !
Jésus, roi de notre jeunesse,
Nous vous jurons fidélité.

JÉSUS

Voulez-vous vivre pour les autres,
Et dans leur nuit semer le jour?
Venez à moi, jeunes apôtres ;
Je suis la lumière et l'amour.
Voulez-vous, oubliant l'injure,
Répondre au mal par des bienfaits,
Vaincre l'orgueil et la nature ?
Venez à moi, je suis la paix.

LES JEUNES GENS

Nous voici, divine Sagesse.
Pur amour, unique beauté!
Jésus, roi de notre jeunesse,
Nous vous jurons fidélité.

JÉSUS

Venez à moi, car je pardonne ;
Venez à moi, car je bénis.
Vous qu'on blesse ou qu'on abandonne,
Venez à moi, car je guéris.
Vous qui n'avez plus votre mère,
Vous qui pleurez, venez à moi.
Venez, car je suis votre frère ;
Venez, car je suis votre Roi.

LES JEUNES GENS

Nous voici, divine Sagesse,
Pur amour, unique beauté !
Jésus, roi de notre jeunesse,
Nous vous jurons fidélité.

FIN

TABLE

—

ABDEVILLE, TYP. ET STER. V° RETAUX. — 1893.

Victor RETAUX et Fils, Libraires-Éditeu...

82, RUE BONAPARTE, PARIS

Théâtre chrétien, par le R. P. LONGHAYE, de la Compagnie de Jésus. 2 vol in-8. (Ne se vendant pas séparément) 12

On vend séparément les pièces suivantes, imprimées
dans le format petit in-16

TRAGÉDIES EN VERS

Helgelia (quatre actes) 0.50
Gaaynan (quatre actes) 0.50
Cunassa (trois actes) 0.50
Camoëns (péril lieu de) 1.50
Bonvines (trilogie en vers) 0.50
La Confédération de Bar (quatre actes précédés d'un pro-
logue) 0.50

COMÉDIES EN UN ACTE ET EN VERS

Hignelina Homme de lettres 0.40
A Forcy 0.40

Œuvres poétiques du P. V. DELAPORTE, S. J.

Récits & Légendes (1re et 2e séries) (7e édition). 2 beaux
vol. in-8, 8 fr., ou 2 vol. in-18 jésus 6

Chaque volume se vend séparément

ABBEVILLE, TYP. ET STÉR. VE RETAUX. — 1893.